Train Dreams

Denis Johnson

火车梦

[美]丹尼斯·约翰逊 著

兰 若 译

上海译文出版社

献给辛迪·李，永远

一

一九一七年的夏天，罗伯特·格兰尼尔参与了一起企图杀死某中国劳工的事件。斯波坎国际铁路公司在爱达荷狭地[①]有一些职工商店，那中国佬在商店偷东西时被人逮了个正着，至少人们是这样指控他的。

三个铁路公司的员工一起押着这个小偷，拖着他从长长的河岸往上走，一直走到摩耶河上方五十英尺处正在修建的桥上。中国佬嘴里叽里呱啦蹦出无数音节，身子活像被抓进口袋里的黄鼠狼那样扭来扭去；有人掐住他的脖子，他便把没捆上的那只拳头使劲向后掰扯，拼命要把那人弄开。格兰尼尔刚好从这群人身边经过，见这些押送员折腾得太辛苦，便上前相助。他负责逮住嫌犯的一只赤脚。西尔斯先生是斯波坎国际铁路公司的管理人员，他面向格兰尼尔，几乎是徒劳地架着犯人的胳膊。这趟差事进行到最

---

① 爱达荷狭地（Idaho Panhandle）是爱达荷州北部的一个狭长地带，涵盖了该州最北部的十个县，又称北爱达荷。该地区西面为华盛顿州，东面为蒙大拿州，北面则是加拿大的不列颠哥伦比亚省。斯波坎位于华盛顿州，斯波坎国际铁路曾是从斯波坎到不列颠哥伦比亚省金斯盖特的一条短程铁路。

艰苦的阶段，除了那个无法沟通的中国佬，只有西尔斯一个人开口说话，“伙计们，要真爬到那顶上我非他娘的累趴不可！”那我们还要把他押送到底吗？格兰尼尔本想问这个问题，但又觉得不如省点力气干活儿。西尔斯还大笑了几声，疲劳和恐惧让他的脸变得惨白。一行人调整好姿势，在尘土飞扬的路上继续行进。中国佬嘴里不停冒着听不懂的鸟语，弄得他们心里直发毛。无论他们起初打的什么主意，现在这小子就该死路一条。别无选择了，只能把他扔下高架桥。

他们在太阳底下并排站着，一边靠在工具上擦汗，一边还要看守这家伙。格兰尼尔握着中国佬那只痉挛的布满老茧的脚，奇怪自己怎么会卷入这件事。这时，抓住另一只脚的人突然松手，一屁股坐到污泥里大口喘起气来，结果反被胡乱扑腾的脚踢中眼睛。格兰尼尔只好又抓住另一条腿。那个坐在烂泥地里的伙计解释说：“这就是玩玩而已，玩玩而已。”然后对他的同伴说道：“拜托，杰尔·图密斯，我们还是算了吧。”“我可不能松手，”这位图密斯先生说，“我拧着他的脖子呢！”然后他笑了，脸上掠过一丝困惑。“没事，有我抓着他！”格兰尼尔说着，把这小恶棍的双脚抱得更紧了些。“我拽着这混蛋呢，有我在！”

这队行刑人员来到桥上，走到刚刚建完的一截桥孔的正上方，这里距离下方的急流有六十英尺。他们千方百计想把中国佬扔下去，但这人死死拽住他们的胳膊和大腿，口齿不清地哭嚷着。突然，他一下子挣脱这几个人，一只手抓住身下的横梁，轻而易举地踹开了抓捕他的人，因为这些人其实也都巴不得甩掉这个累赘。他迅速逃离此处，身体吊在下一个桥孔的梁架上，交叉换手向前荡去，身下便是湍流。图密斯先生的伙伴们匆匆赶来，努力在横梁上保持平衡，却踢到了同伴的手指。中国佬像个马戏团演员般从一个横梁跃向下一个横梁，在网状结构的桥架上一路下行。有两三个工人在为他的逃脱欢呼，而其他人，虽然不太清楚他为何被人追捕，却也高喊着该将此恶棍绳之以法。西尔斯先生从皮带上的手枪套里掏出一把大型四发黑火药大左轮，却为时已晚。中国佬早已逃之夭夭。

·

结束了这个小插曲，格兰尼尔徒步走回家。他绕了两公里去了铁路旁边的一个叫做“草甸湾”的小村庄，在那儿的商店买了一瓶胡德牌沙士汽水给他妻子格拉迪斯，还有他们的小宝宝凯特。这个时节爬山越岭实在太热，还有一英里到家，格兰尼尔干脆跳到摩耶河的深水区里纳凉。

那会儿正是周六傍晚，不少从草甸湾来的铁路工人来这儿度周末，他们聚集在洞穴周围，和衣泡在河里，随后再坐到岩石上把自己晾干，直到落日的最后一丝余晖在峡谷中消散。人们把鞋子和靴子脱到一旁，一边戏水嬉闹，一边慢慢下到水中，只露出肩膀以上的部分。许多人都会先抱着酒瓶喝两口威士忌再下水，然后才上岸打寒战。水面上时而伸出一条举着顶破帽子的胳膊，看来又有人把头发弄湿了。格兰尼尔谁也不认识，他独自一人待着，照看着他的靴子和沙士。

格兰尼尔步行回家的路上，天色渐渐暗下来。无论走到哪儿，中国佬都在他眼前晃。中国佬在马路上。中国佬在树林里。中国佬静悄悄地走路，绳索一样细瘦的双臂前后摆动。中国佬像蜘蛛一样从溪水中一跃而出。

·

他把沙士递给格拉迪斯。她患了湿疹，这会儿坐在床上，挨着火炉，正给宝宝喂奶。其实她完全可以放心大胆洗衣服，把土豆和鳟鱼切成块儿做晚饭，但他俩已经形成一种习惯，每逢她有个头疼脑热，便可卧床休息，喝一两瓶甘甜的沙士，暂时从日常琐事中解放出来。格兰尼尔的小女儿似乎也有点着凉。她的眼睛雾蒙蒙的，吃奶的时候在妈妈胸前哼哼，呼气时冒着鼻涕泡泡。凯特四个月大了，头还是光秃秃的。她好像也不认识爸爸。只要不发展成感冒，这点微恙也没什么大不了。

现如今，在这个只有一间房的木屋里，格兰尼尔闷闷不乐地站在桌旁。他很肯定，那个中国佬一定在被押送的路上狠狠地诅咒了这帮人，诅咒说不定会导致什么恶劣的结果。那天下午的押送事件混乱而疯狂，令他惊骇不已——他竟像一粒被风吹走的种子那样束手无策。事发时，格兰尼尔还很年轻，他当时曾想，不管三七二十一，直接干掉那中国佬算了，而如今，他却只能承受他的诅咒。

他坐在床沿上。

“谢谢你，鲍勃。”他的妻子说。

“喜欢你的沙士吗？”

“是的。我喜欢，鲍勃。”

“小凯特可以在你的奶头上尝一尝它吗？”

“当然可以。”

·

有许多个夜晚，他们一起听着北上的斯波坎国际铁路的列车穿过草甸湾，就在离山谷两英里外的地方。今夜，远处的汽笛声将他惊醒，他发现自己正孤身一人躺在稻草床上。

格拉迪斯抱着凯特坐在火炉旁的长凳上，从锅的内侧刮下一点凉凉的麦片粥，让孩子从她的指尖吮吸麦片糊。

“你猜她能通多少人事，格拉迪斯？是不是懂得和小狗一样多？你说呢？”

“小狗断奶以后就能独立生活了。”格拉迪斯说。

他等她继续解释。她总是想得比他远。

“小孩可没法在断奶后直接独立生活，”她说，“在婴儿学会说话以前，小狗的理解力比婴儿高。这可不是几个单词的区别。家养的小狗也听得懂一点语言，跟婴儿一样。”

“它们听得懂多少，格拉迪斯？”

“比方说，”她说，“玩游戏的指令，还有你叫它去做的事情。”

“那就说几句吧，格拉德。”夜深了，他还想继续听她的声音。

“好吧。把东西拿过来，来这儿，坐下，躺下，打滚儿。只要是它会做的事情，它都听得懂指令。”

黑暗中，他仿佛看到女儿的眼睛转向他，眼神像一只走投无路的幼兽。这一切不过只是他的幻觉，而这幻觉却化作一股寒气沿着他的脊梁骨往下钻。他不禁颤抖起来，把棉被拉到脖子上。

罗伯特·格兰尼尔今生今世都不会忘记这一晚，这一刻。

二

四十一天后，格兰尼尔站在一帮铁路工人中间，看着第一个火车头从他们修建的桥上驶过，桥两端相隔一百一十二英尺，横亘在六十英尺深的峡谷之上。西尔斯先生站在一个单引擎旁边，举起他的四发手枪，示意仪式开始。枪声一响，司机便踩下刹车，从新装置里跳出来。火车在轨道上缓慢而艰难地行进，人们则在一旁加油助威。当火车穿越摩耶河到达另一端，在那里守候的第二个人便跳上车将它停下，以免其脱轨。所有人都欢呼雀跃。不知为什么，格兰尼尔却感到很难过。他也跟着人们一起大声欢呼。这个建筑物将被叫做“十一英里短接桥”，因为它避开峡谷中的弯道，走了一条捷径，自此以后，斯波坎铁路公司便不必再费神检查那条延展了十一英里的铁轨和那些连接处了。

·

有了“十一英里短接桥”的工作经历，格兰尼尔渴望参与到其他大型工程当中。一大群人齐心合力砍伐掉一小部分森林，他们组装起庞大的机械装置，利用它们在崇山峻岭间编织起越来越大、越来越长、越来越深的大型木栈桥。一九二〇年，他来到华盛顿州西北部，协助维修当时规模最大的罗宾逊峡谷大桥。项目的策划者们用一条能够承重一个引擎和两货车木头的铁轨，在一个二百〇八英尺深、八百〇四英尺宽的空间上架起了桥。罗宾逊峡谷大桥已经有近三十年的历史了，颤颤巍巍，令人毛骨悚然——没有人开车穿过这里，火车司机就更别提了。司闸员在另一头就得把火车停下。

修理结束后，格兰尼尔跟随辛普森公司继续向山上走，将木材运出森林。这里遍布着由木头铺就的一段段短栈道。这部分轨道是专门用来运输木料的，包括格兰尼尔在内的四十来个工人，在六匹马的马队牵引下，将木材运到缆绳附近的轨道装卸台上。

在装卸台上匍匐着一个巨大的引擎，队长叫它“驴子”。“驴子”身上套着两个巨大的铁的滚桶，一个放出缆绳，另一个往回卷，将木料拉到装卸台上，同时将钩子传递给套索人，继续套下一根木头。引擎是一个靠烧炭运行的老旧庞然大物，它颤抖着发出轰鸣声，蒸汽如瀑布般倾泻而下，在木材滑送道上卖力工作的马儿却悄无声息，它们的嘶鸣声早被蒸汽与机器的骚动给淹没了。木材从装卸台运送到平板货车上，再穿越壮丽的罗宾逊峡谷，一路下山，输送至美洲大陆的各条铁路。

此时，罗伯特·格兰尼尔度过了他的三十五岁生日。他怀念格拉迪斯和凯特，他的“丽宝宝”和“小丽宝宝”，但他在找到妻子之前已经度过了三十二年的单身汉生活，所以不难退回到恒常的孤独中，隐居于苍郁无边的云杉之间。

格兰尼尔是套索人——他的工作不是在平台上，而是在树林中。锯木工两人一组，将云杉伐倒，车工用斧子将其刨净，装运工则把它们切成十八英尺长的木料，然后套索人才用缆绳套住木材，用马匹拖出来。格兰尼尔很享受这工作，先是绷紧全身肌肉，然后进入令人陶醉的彻底放松，最后在深度睡眠中结束一整天。他喜欢树林里那些庞然大物，喜欢迷失在远方，喜欢被许多树木守护的感觉，仿佛危险永远不会靠近。但据一位锯木匠同事的说法，树木本身就是杀手。这人叫阿恩·皮普尔斯，过去很爱打扮，现在已经变成糟老头儿了。他说，一个优秀的锯木匠就算能够连续九十九次正确判断树木倒下的方向，可是，一旦身后的光线窄得只剩条缝，切口和楔槽的形状都无比清楚地昭示出，有一个五十吨重的大家伙正在上坡摇晃，第一百次还是有可能会被大树迎面砸倒，一命呜呼。阿恩·皮普尔斯说他曾亲眼见到一根五吨重的木材猛然跳起，从马车上翻下来，当场砸死了六匹马。只有当你不碰树的时候，树才会当你是朋友。只要刀刃咬住树木，你就卷入了一场斗争。

砍断任何别的什么东西都会让这群人产生强迫症。这支队伍，人数有时超过四十，但从未少于三十五，他们从太阳升起一直到晚饭时间，都在不停地与森林战斗。他们把云杉砍下、锯开，劈至适宜的大小，才算完成工作。格兰尼尔有时觉得，他们一点点改造着山脉的面貌，这难度不亚于建造一座金字塔。大家很少说话，用高声呼喊来代替沟通，胡子上总是粘着树脂，汗水冲刷了秋衣裤上的灰尘，它们混合形成污垢，藏在脖子和关节的褶皱里。树脂味道太过刺激，甚至盖过野兽的体味和粪肥的恶臭，刺痛了双眼，腐蚀着喉咙。每当结束了一天的劳动，一群人几乎是就地呼呼大睡。有些人住在分配的小屋里，多数人睡帐篷。这些帐篷大都由布满粗麻布补丁的古旧家什制成，但根据阿恩·皮普尔斯的说法，本来的帆布面最初是内战时期的步兵帐篷，来自北方联邦阵营。他甚至指出面料上有残留的血点。那些帐篷还有一部分留给了印第安战争中的美国骑兵使用，因此自然是比他们以往用过的任何遮蔽物都更经久耐用。反正阿恩·皮普尔斯是这么说的。

"给我把短柄斧头就行，小伙子们，"他总爱说，"我要一旦开始砍树，你们早晨来上工，头天的木屑都收拾不完……"

"我天生就是来干夏季伐木这种活儿的，"阿恩·皮普尔斯说，"你们这些明尼苏达伐木工可能会抱怨天气热。但我的齿轮不干上一百多回不会打滑。我在亚利桑那州比斯比市外面的山顶上干过，那儿离太阳只有十一二英里。温度计上显示气温有一百一十六度①，每往上走一英尺就增加一度。这还是在阴凉处。当然啦，那里可没有真正的阴凉处。”他把他所有的工友都叫做“明尼苏达伐木工”，但谁都清楚，他们中根本没人见过明尼苏达州的模样。

阿恩·皮普尔斯从西南部来，他声称自己见过墓碑镇的厄普兄弟②，还和他们说过话；他把这对著名的警官兄弟称为“疯狂的废物”。他年轻的时候在亚利桑那的矿山上工作，几十年间把每个拥有采伐资源的乡村都砍了个遍，现在成了伐木队里最老的家伙，干瘪瘦弱，游手好闲，嘴里总是嘟嘟囔囔，脏活重活能不干就不干。

他真正的工作是很随机的。需要开凿一条隧道时，他就负责搬运炸药包，设置好引火装置，然后逐渐炸出一条通道，渐渐深入到陡峭的断崖之内，最后从另一端出来。人们在每次爆炸之后帮他清理碎石。他这个人很迷信，过去在亚利桑那州南部骡山的铜矿公司是怎么干活儿的，现在也要一五一十原样照搬。

“我亲眼见到约翰·雅各布·沃伦先生怎么挥霍光家

① 一百一十六华氏度约为四十六点七摄氏度。

② 墓碑镇，位于亚利桑那州，以一八八一年发生的枪战闻名于世。当时厄普兄弟及他们的同党与一伙牛仔爆发了交火事件，成为美国旧西部的传奇人物。

产的。他喝醉以后竟然说，他能跑得比马快。”他大概所言非虚。阿恩·皮普尔斯天性不爱撒谎，至少除了厄普兄弟以外，他并未号称自己见过许多名人，而且，这里也没人知道约翰·雅各布·沃伦到底是谁。“他打赌他能跑得比一匹三岁的种马快！站在街上摇来晃去，眼睛都成斗鸡眼了，醉成了那样，我说真的，那可是亚利桑那州最有钱的人哪！他拔腿就跑，一路跟在马屁股后面追。赌上了整个女王铜矿公司，结果输了个精光！那会儿倒是有个樵夫，我想跟他赌一赌来着，不过他穷得只剩下矿车了，根本赌不起。”

有时候，皮普尔斯设置好引火开关，但转动螺丝时却没有爆炸。然后，一股沉默而紧张的气氛会紧紧攫住整个树林。在半英里外等候的工作人员也反应过来，明白有个哑弹要处理，于是停下所有工作。皮普尔斯会把自己口袋里仅有的值钱物品都取出来——一块铜表、一把锡制梳子、一支银牙签，把它们放到树桩上，然后头也不回地走进黑暗的隧道。等他出来，再把螺丝拧开，炸药总算轰的一声炸开。人们欢呼雀跃，一阵烟尘从隧道扑将出来，岩石化成一场粉末雨，落在每个人身上。

看起来，阿恩·皮普尔斯的生命似乎最终会随着一声巨响消失于烟雾之中，但是他的谢幕方式却全非如此。一根残枝从高大的落叶松上落下，砸中他的后脑勺——这种断枝由于象征着不幸而被称作“寡妇枝”。那一记把他敲傻了，但他很快就缓了过来，看上去好好的，只是抱怨他的脊柱“关节都被打断了”，还说“我想这么歪着走路”。随后几天，他头晕过好几次，而且变得神情恍惚，忘东忘西，整个星期天都卧床不起，一会儿打冷战，一会儿发烧。星期一早晨人们发现他死在床上，被子一直拉到下巴。“他的样子这么安宁，”队长说，“你们都尽量不打扰他——就把他放进一口宽大的棺材里，让他安息吧。”阿恩·皮普尔斯曾说，没被砍下的树是人的好朋友，但恰恰是这样的树害死了他。

阿恩最好的朋友比利也是个老头儿，但平时寡言少语，他在坟墓旁攒足劲儿挤出几句评语：“阿恩·皮普尔斯一生从没骗过人，从没偷过东西，就连他只有一丁点儿大的时候，都没拿过别人一块糖果，所以他活到很老。他教会我们所有人要正直，这样我们才能和睦相处。奉耶稣之名，阿门。”其他人也说阿门。“我也希望能让大伙儿休息一天，”队长说，“但这是公司的活儿，这是战争的需要。”在欧洲爆发的战争使得云杉木材的需求量大大增加。停战协议十八个月前就已签订，但队长认为停战协议只是战争重新开始前的间歇而已，而最终一方会把另一方杀得片甲不留。

那天晚上，人们讨论着阿恩的资产、过失以及他临终前的几小时。究竟是他头上受的伤把他带上了末路，还是突然发烧导致的？在他神经错乱的时候，他说过几句疯话——“大主教在落基山升起！”他大声喊道，“先知抓住抢劫犯！小心！小心！”然后他开始召唤先祖的灵魂，还说他姐姐和姐夫看他来了，但比利却说他非常肯定，这两人很多年前就去世了。

比利的工作是给两个铁的滚桶的引擎掺水以保持湿润度，同时盯着缆绳，确保它正常转动。这是很轻松的活儿，老年人的工作。真正负责设备维护的是一个男孩，十二岁的哈罗德，队长的儿子，他走在一队马前面，手里拎着一桶鲨鱼肝油，用一把粗麻布笤帚将油抹到滑轨上，好让这些巨大的木头向前滚动。某一个星期三早上，阿恩·皮普尔斯下葬后两天，年轻的哈罗德突然头晕发作，倒在了滑轨上。马匹怕踩踏到他，连忙受惊后退，几乎将一车木料都掀翻过来。幸好格兰尼尔刚巧出现在那里，男孩才没有惨死在马蹄下。格兰尼尔刚好站在旁边等着跨过滑轨，他一把抓住男孩的裤腿，把他拖了出来。队长照看了儿子一下午，用泉水淋湿他的额头。原来孩子发烧得厉害，这才是他绊倒在马儿跟前的原因。

那天晚上老比利也着凉了，睡在他的帆布床上打摆子，不停地胡言乱语，一直到午夜之后。自打人们认识比利以来，他除了在朋友的坟前发表过几句感言，这辈子都没说过几句话，但现在的他却能把离得最近的人吵醒。睡在离帐篷较远处的人说自己在梦中听见了他的声音，多半是在叫他自己的名字——“那是谁？谁在哪儿？”他喊道，“比利？比利？是你吗？比利？”

哈罗德的烧退了，但比利还在发烧。队长满腹心事，在帐篷里徘徊，只要有空就逮住一个人，像买牲口那样，戳戳关节，翻开眼皮，再撬开下巴。“今年夏天我们就这样停工吧。”他对大家说。那是周五晚上，全队人正排队准备吃晚餐。他给每个人算好了工钱——夏天的工钱格兰尼尔都寄回家了，还有四百美元要发给他。

到了周日晚上，他们结束了所有的工作，最后一根木材也运下了山，这时又有六个人染上风寒。周一早上队长给每位工人多发了四美元奖金，说道：“离开这儿吧，孩子们。”此时比利也已经渡过难关活了下来。但队长说，他怕一八九七年的大流感会再来一次。他就是在大流感时期成为孤儿的，他的整个家族，十三位胞亲在一周之内全部死亡。格兰尼尔很同情他的老板。队长是一位强有力的领导，且为人公正。他人到中年，有着一双蓝眼睛，除了他儿子哈罗德，他从不跟任何人做交易，而且也从未告诉任何人自己是孤儿。

这是格兰尼尔在林中的第一个夏天，罗宾逊峡谷铁路桥也是他工作时迈过的数架铁路桥中的第一个。过了数年——事实上是几十年之后，一九六二或一九六三年，他看着修建钢架的年轻工人在高架桥上劳作，美国二号公路由桥上穿过摩耶河最深的峡谷，与罗宾逊峡谷一样深，一样长。老高速公路绕了长长的一圈从峡谷较浅处通过，而新高速公路则笔直地延伸到峡谷对岸，河流就在下方几百英尺处。格兰尼尔惊异地看着这些年轻人击打着彼此的安全帽，将对方扔到下方三四十英尺的安全网上，一个个相继跳下来，再从网上弹起老高，最后抓着网线爬回木制人行道上。过去的他总是像大猩猩一样在钢架上攀爬，而现在从高脚凳上起身时却没有一次不犯恶心。望着这些人，他感觉自己好像已经活了快八十年，见证了这世间的沧海桑田，几番轮回。

早些年，大概在一九五〇年代中期，格兰尼尔曾经花十美分观赏过“世界上最胖的人”。那人陷在长沙发里，一辆拖车拖着这个沙发从一个镇巡游到下一个镇。为了将“世界上最胖的人”放到沙发上，他们必须先把拖车的顶掀掉，然后用起重机把他提起来再放下去。他的体重有一千磅还多点儿。只见他坐在那儿，肥硕的身躯上汗如雨下。他留着短髭和山羊胡子，耳朵上戴了一只金耳环，海盗们戴的那种，身上仅有的衣服是一条亮闪闪的金色短裤。他身上的肉向四面八方扩张，堆满了沙发，继续向外铺展，垂挂下来，几乎要触碰到地面，仿佛凝滞的瀑布一般。在这大堆的横肉上面戳着他的头和四肢。人们站在露天走廊上，排成一列长队等候进场。那胖子对挤在窗口的每个人叫卖：可以花十美分买一张他的照片。

在格兰尼尔漫长人生的最后几年，他已经记不清往事的时间顺序。他认定，就在他见到“世界上最胖的人”的那天傍晚，他站在蒙大拿州特洛伊镇的第四大街上，在大桥往东二十六英里处，看着一节火车车厢载着一位古怪的年轻人，叫做埃尔维斯·普雷斯利的乡村音乐艺人。普雷斯利的私人火车不知何故停下了，也许是因为需要维修，于是在这个跟自身地位不大匹配的小城镇稍作逗留。这个著名的年轻人在窗前露了一下脸，还举手向大家示意，但格兰尼尔已经走出理发店并穿过街道，没来得及看到这个场面，是镇上的人告诉他的。天色已近迟暮，这位男孩孤高的身影散发出神秘而庄严的气息，人们凝望着他，伴随着柴油机空转的超低频声音，沿街追逐着那辆车，不时窃窃低语。

格兰尼尔还曾见过“神奇骏马”和“狼孩”，然后他于一九二七年乘坐双翼飞机升上了天空。他的人生故事起源于一次他已记不清的火车之旅，终结于一节“猫王”在里面、他在外面的火车车厢。

三

幼年时，格兰尼尔便一个人去了爱达荷。他不记得自己具体是从哪里出发的，因为他的大表姐和二表哥说的地方不一样，而他自己也记不清了。老二还说自己根本不是他的表哥，而老大则说不对，他俩就是表兄弟。其实，两位表亲的母亲是他的姑姑，他父亲的姐姐，他一直拿她当亲生母亲看待。三个表姐弟都说格兰尼尔是坐火车来的。他为什么会失去亲生父母？没人告诉过他。

当他走下火车来到爱达荷的弗莱镇时，他六岁——或者七岁，因为当时离他最后一次过生日似乎已经过去很久了，他觉得可能已经错过了生日，而且他无论如何都说不出具体在哪里下的车。他所能确定的是，他是一八八六年的某一天出生，地点是犹他州或者加拿大，他找到了路，独自去往位于大北方铁路沿线的新家，新家的房屋刚于一八九三年落成。他在火车上待了数日才到达目的地，地址抄在一张商品发票背面，一直别在胸前。旅途第一天他就吃光了所有食物，一路上全靠各位列车员喂饱他。整个冒险使他对旅途中所发生的所有事转瞬即忘，很快就把自己最早期的人生经历全弄丢了。他的大表姐说他来自加拿大北部，说他们第一次见到他时，他只会讲法语，他们必须帮他驱赶走脑海中的法语，好让他把英语装进去。而另外两位表兄弟则说他原本是犹他州的摩门教徒。而由于年纪太小，他幼年时从未想过向自己的姑姑和姑父问清楚自己究竟是谁。等到他想问，却已过去了好多年，两位长辈均已辞世。

他最早的记忆，是站在他的姑父罗伯特·格兰尼尔身边。这个浑身烟味的男人很快就被他叫做爸爸了。他和姑父站在一起，还没有他的胳膊肘高。在弗莱镇的泥土街，他们目睹了一百多户中国家庭被驱逐出城，街道的尽头是邦纳木材公司铁路停车场，库特内河映入眼帘。这群古怪的人爬上三辆开放式货车车厢，叽叽咕咕说着鸟语，把孩子拢到他们中间，以免靠近敞开的货车边缘，一群手拿斧子、手枪或机枪的人沉默不语地站在两旁。三群中国人中，那些身材矮小、长着扁平脸的中国男人坐在货车外缘，他们的膝盖绷得僵硬，双手被绑在小腿上，随着火车离开了弗莱镇，前往某个地方。当时的格兰尼尔从没想过那会是什么地方，直到他在几十年后差一点就要杀死一个中国佬，才开始好奇他们的去处。他们中的大多数人都迁居到三十英里以西的地方，那里属于蒙大拿州，位于特洛伊镇和利比镇之间。他们定居在库特内河边，这地方后来被称作中国湾。格兰尼尔开始在桥上工作的时候，这个聚居地已经分散至各处，只剩下几户零零星星的家庭，而且也再没有人害怕他们了。

库特内河同样也流经弗莱镇。有一个礼拜，水溢出了浅滩，淹没了弗莱镇的低处，格兰尼尔对此还残存一点记忆。几栋不够结实的建筑物被冲走，到了下游便支离破碎。邮局被洪水冲毁并卷走，格兰尼尔依稀记得自己被某个人托举了起来，可能是他父亲。他被举过一大堆市民的头顶，观看邮局被洪水冲走的过程。后来，一些加拿大人在河流下游一百英里左右的地方，在位于不列颠哥伦比亚的低地上，找到了搁浅的邮局。

罗伯特和他的新家庭住在城里。隔着一家人家住着一个秃头男人，整天穿着劳动布外套，从来不戴帽子，身材高大，却有一双很短小健壮的手，他开着一家修鞋铺。有时候小罗伯特和某个表亲会趁其不备溜进去，从工作台上的金属盖玻璃瓶里抠一块蜜蜡出来。修鞋匠在缝补粗硬的皮革时，会用蜜蜡来润滑针线，孩子们却把它当糖吃。

和很多人一样，这鞋匠喜欢嚼烟草。有一天三个邻家小孩经过他的门口，被他当场抓住。“看这儿。”他说。他弯下腰，咳出半口烟草，吐到一个靠在桌腿旁的广口玻璃瓶里。他拿起这个容器，摇晃着这两三英寸高的浑浊的痰液。“小鬼们，想尝一点儿吗？”

谁都没说话。

“来吧，来一口！想尝就尝。”他说。

还是没人说话。

他把这可怕的液体倒进蜜蜡罐里，用一根手指涂抹了几下蜜蜡，然后把手指伸向孩子们的脸，高声喊道："想尝就随时来尝啊！"他笑个不停，起劲儿地摇晃着椅子，然后把细小的手指在劳动布外套的下摆上擦干净。当他举目四顾，发现没有人谈论他的刁钻诡计时，他眼中闪过一丝茫然的失落。

一八九九年，弗莱镇和伊顿维尔镇合二为一，更名为邦纳斯费里。格兰尼尔在邦纳斯费里小学学习阅读和算术。他从来不是学习的料，但学会了认字，总算能混口饭吃。在他十几岁的时候，姑姑海伦·格兰尼尔和姑父罗伯特·格兰尼尔去世了，从此他和结了婚的表姐苏珊娜一家住在一起。

他十一二岁的时候就辍了学，没有父母管教，成天闲晃着。有一天他一个人去钓鱼，沿着库特内河往上走了一英里左右，看见一个流动散工，就是人称"外来工"的那号人，躲在桦树林里一个破破烂烂的帐篷里，一条腿受伤了。"过来。求你了，小伙子，"临时工喊道，"求你了，过来吧！我的膝盖韧带断了，我想告诉你一些事情。"

小罗伯特绕了过去，把鱼竿放在一旁。他爬上浅滩，停在离那人十英尺远的地方。那人背靠树干坐着，腿向外伸直，赤裸着双脚，左腿垫在一堆常青藤树枝上，破旧的鞋子甩在两旁。他那长着虬须的脸上印着一道道污垢，身上到处都是木屑。“来看看一个被谋杀的人吧。”他说。

“我也不让你帮我倒水喝了，”那人说，“我干得跟皮靴一样，但我要死了，不需要欠人情。”罗伯特四肢麻木地僵在那里。他仿佛看见一张洞开的嘴在一堆树叶、破布和乱成一团的褐色头发中间嚅动。“我只有一两件事情必须说出来，不然就得带到坟墓里去了。”

“一点儿没错，”他说，“我的膝盖是被一个叫做‘大耳朵阿尔’的伐木工给砍坏的。我得说，我知道是他干的。这是第一件事。去告诉你们镇上的警长，孩子。我叫威廉·克斯维尔·黑利，从密苏里的圣路易斯来，遇到抢劫，腿被打折了，杀人凶手是一个外来工，人称‘大耳朵阿尔’。他在我睡着的时候抢了我十四美元，还砍断了我的膝盖韧带，好让我追不上他。”他说，“我的腿快废了，在这儿躺了太久，已经开始腐坏了。你知道那是什么感觉吗？腐烂会爬满全身，直到我死为止，然后成为孤魂野鬼，但还有思维，直到第四天我才会死透。也不知道我们死后还会碰上什么事，在坟墓里还有没有意识，是升上天堂呢，还是下到地狱。但为了以防万一，我必须得说出一个秘密。”

我叫威廉·克斯维尔·黑利，四十二岁。我是个正派人，在密苏里的圣路易斯有工作，有前途，直到四年多以前发生了一件事。那时我的侄女苏珊·黑利长到了十二岁，住在哥哥家那段时间，我开始半夜在她床边晃荡。我睡不着——我的心怦怦直跳——直到我从地铺上爬起来，溜进那姑娘的房间，走近她的床，就安静地站在那儿。她从没醒来过，就连我抚摸她被子的时候也没有。有一天晚上，我摸了她的脸，她根本没醒，我抓住她的脚，她也没醒来。甚至有一天晚上我掀开她的被子，她居然还是睡得死死的。我摸了她，撩开她的内衣，做了我想做的每一件事，真的是每一件。她还是没醒。

我就那样夜复一夜地继续着我的勾当，做了每一件事。她从没醒过。

然后，有一天我回到家里。那时我在蜡烛厂工作，对于一个没多少选择的年轻人来说，这份工作很容易得到。在那儿工作的多是些老姑娘，不过她们想让谁上就让谁上。一个大冬天，当我到家的时候，看见嫂子爱丽丝·黑利在院子里站着，一屁股坐到湿漉漉的草地上，像个孩子那样放声痛哭起来。

“怎么了，爱丽丝？”

“我丈夫用棍子捅了我们的小女儿苏珊！我丈夫用棍子捅了她，用棍子！”

“我的天哪，她受伤了吗？”我说，“还是只是受了惊吓？”

“受伤？受伤？”她冲我号哭——“我的小女儿她

死了！”

我甚至都没有走进那栋房子。我把所有一切留给了他们，坐上了一辆货运火车，从那以后我再没离铁轨近过一百码，在全国我都这样，在加拿大也是，我再没离这些铁轨和枕木近过一百码。

小苏珊肚子里有了孩子，这是她妈告诉我的。她爸打她，想把胎儿从肚子里打出来，最后把她给打死了。

过了一会儿，这个濒死之人停止了说话。他艰难地呼吸着，把手放到身体一侧，像是要换个姿势，但他已经没有力气了。他无法用肺正常地呼吸，而是上气不接下气地喘着："现在我要喝杯水了。"他合上双眼，不再奋力喘息。罗伯特再靠近些，确定这个人已经死了。威廉·黑利闭着眼睛说了最后一句话："给我穿上那双旧鞋吧。"

四

他没有对任何人说过威廉·克斯维尔·黑利的事，不管是镇警长、表姐苏珊娜还是其他人，谁也没说。他用那人的靴子盛了一小口水递给他，然后让威廉·黑利独自死去。这是罗伯特·格兰尼尔早年犯下的诸多错误中最为怯懦自私的一个。或许这件事也在潜移默化地影响他，因为他后来搬进城里，剩余的青春都是用体力劳动打发掉的。他受雇于铁路公司或者本地的家族企业，如伊顿家族、弗莱家族或邦纳家族，找工作轻而易举，因为他从不喝酒，远离不良嗜好，一直是个老实人。

他二十岁到三十岁之间，一直在镇上工作——人们大概可以这样说起他，但他却从未有过什么传闻，因为他绝少对什么事情感兴趣。到了三十一岁，他还在劈木柴，装卡车。有越来越多雄心勃勃的人开始组建伐木队，他就混迹其中，四处打短工。

然后，他遇到了格拉迪斯·奥尔丁。他实在想不起该感谢哪一位表亲带他去了卫理公会教堂。那吟唱圣歌的柔美嗓音，让他不费吹灰之力便在人群中辨认出她——过道对面那位身材娇小的姑娘。仪式结束后，教堂为大家准备了一些柠檬汽水和酥皮点心。在院子里，她带着亲切的微笑，很随意地向他做了自我介绍。也许这只是姑娘们的正常举动，但罗伯特并不知道，因为他一向不近女色。格拉迪斯看上去比实际年龄大很多，显得很成熟。她说这是因为自己家在阳光明媚的牧场里，有太多时间接受夏日光照的缘故。她的手粗糙得像一个五十岁的男人。

他们开始频繁地约会。由于两人还只是朋友关系，格兰尼尔被迫只能在每次卫理公会主日祈祷之后约她出去，以及在周三晚上的祷告小组上和她见面。盛夏时分，格兰尼尔带着她在大河路上散步，给她看他在摩耶河上方的一小块断崖上买的一英亩地。他是从小格伦伍德·弗莱那里买过来的。小格伦伍德通过将许多小块土地卖给其他年轻人如愿以偿买了一辆汽车。格兰尼尔告诉格拉迪斯，他想在这里做些园艺。从荒草蔓生的小山丘逐级而下，便是最适宜修建小木屋的所在。只消在这堆石头周围干几天，他便可轻松地将山丘铲平。他可以清理出更大的区域，砍下木头建造木屋。不必急着拔出树桩，因为在园艺的初始工作中还要使用到它们。穿过茂密的树林，走上半英里地，一片草地映入眼帘。它是多年前被威利斯·格罗斯林整理出来的，现在此人已经过世。格罗斯林的女儿说过，允许格兰尼尔在这儿放养几只动物，只要他不真的饲养一群牲口就行。反正他最多养一对绵羊和一对山羊，可能还有奶牛。格兰尼尔对格拉迪斯说着这些，也不解释自己为什么要说。他希望她能猜到。他觉得她肯定能猜到，因为，这次远足，她穿上了去教堂经常穿的那件连衣裙。

这是一个炎热的六月天。他们从格拉迪斯的父亲那里借来一辆马车，装了两篮东西去郊外野餐，漫步于格罗斯林的草地，从齐膝的雏菊花丛中跋涉而过。他们在一条雨季才会出现的小溪旁边铺了块毯子，一起躺下来，溪水在草地中涓涓流过。格兰尼尔觉得牧场很美。该有什么人把它画下来，他对格拉迪斯说。微风袭来，野草轻轻摇晃，雏菊花瓣颤抖着。再远点，从草地另一边看过来，他们像是一动不动。

格拉迪斯说："现在我差不多完全明白了。"格兰尼尔了解她对待教堂和《圣经》有多认真，他以为她可能说的是宗教方面的感悟。

"好，你知道我喜欢些什么了。"他说。

"是的，我知道。"她说。

"我也知道我喜欢什么，完完全全知道。"他说着，吻住她的嘴。

"哦，"她说道，"你贴到我的牙齿了。"

"你不喜欢？"

"不，我喜欢。再来一次，但要轻一点。"

这一吻将他狠狠击中，如同掉入洞穴之中，猛然发现一片新天地，他想他可以很快适应新环境——仿佛他此前一直在往错误的方向费力挣扎，现在好不容易才掉转头来，顺流直下。他们整个下午都在雏菊花丛中接吻。他觉得自己容光焕发，充满活力，更胜从前。

当阳光变得太过灼热，他们便挪到长满杰里米草的牧地上那棵孤单的短叶松下面，他背靠着树皮，她的脸颊贴着他的肩。雏菊将草地涂上满满的白色，像是浮着一层厚厚的泡沫。他想向她求婚，却羞于开口。她一定希望他开口，不然她肯定不会和他躺在这里，在他臂弯里呼吸。他把脸埋在她那混合着淡淡的汗味和肥皂味的秀发里……“你愿意做我的妻子吗，格拉迪斯？”这句话一出口，他自己都吓了一跳。

“是的，小罗，我想我愿意。”在屏了几乎一分钟的气之后，她说道。他总算松了口气，然后两人都笑了。

·

一九二〇年夏天，他从罗宾逊峡谷放工回家，口袋里装了四百美元，先乘坐客运汽车到达爱达荷州科达伦，之后再坐马车北上爱达荷狭地，一场大火正在吞噬摩耶河流域。他骑马经过邦纳斯费里，只见木头燃烧的烟雾逐渐浓稠起来，越来越多流离失所的居民沿着摩耶河聚集到小镇上。

格兰尼尔在避难的人群中搜寻他的妻女。许多人身无长物，只顾四散奔逃，而没人提及他的家人。

游乐场聚集了一百来人，大家围坐在各自仅存的一丁点财物面前，都是随机带走的东西，玩具、镜子、缰绳，全泡湿了。这些人蹚进河里，穿梭于两岸的熊熊大火之间，最后在河流南端上岸。而试图北上逃离火海的人们，后来再无音信。格兰尼尔询问了他们每个人，都没能得到妻女的任何消息。他们都在为自己能够逃出来而庆幸不已，显然顾不上关心那些未能逃脱并可能丧命的人。目睹这一切，格兰尼尔越发感到崩溃。

北上的斯波坎国际铁路的列车一直停在邦纳斯费里无法动弹，直到天降一场好雨，浇灭了爱达荷狭地的火势，列车才开走。格兰尼尔要回家了，他沿着摩耶河走了二十英里，用手帕绑住嘴和鼻子，以便过滤烟尘，还时不时停下来，把手帕伸到河中重新浸湿，就这样穿过这片苍茫如雪的灰烬。大火已经停止燃烧。它从河的东岸、草甸湾流域上游不远处一路向北燎原，点燃了狭窄的山谷之间由巨大的云杉搭建而成的桥梁，桥梁坠落，大火蔓延至河对岸，烈焰吞噬了整个山谷。草甸湾成了不毛之地。他在铁路月台上逗留片刻，从那里的木桶里取了点水喝，旋即离开。很快他便来到一片烧成焦炭的森林，就在数日前，这里还是一片苍翠。天地间交错着刺目的黑白灰色，没有一样活物，火焰虽已熄灭，却仍笼罩在残留的热度和大火的气息之中。遍地灰烬，烟雾呛鼻，在离家还有数英里地的时候，他已经很清楚，一切都已所剩无几，即使如此，他仍然选择继续前行。他一遍遍地哭喊：“凯特！格拉迪斯！”他拐入小路，顺道去探了安德森家，他们是过了草甸湾之后的第一家住户。刚开始他甚至辨认不出房屋的位置。和山谷里的其他地方一样，那块土地已经被彻底烧毁，除了最后一点残余燃烧物发出的嗞嗞声响外，一片死寂。他发现了在一堆高耸的灰烬中露头的炉灶，铁脚已经受热弯曲，近处散落着一些砌烟囱的大块石头，余下的一切都被灰烬覆盖。

往北走得越远，木头着火时的开裂声和嗞嗞的响声便越发清晰可闻，直到身边每一棵烧焦的树木都在释放浓烟。他绕了个弯，森林大火在耳边不住地咆哮。前方半英里处的火光，如同一张黑红相间的幕布从夜空中垂落。即使隔了这么远，灼热的温度仍然使他无法逼近。他跌坐在温热的灰烬里，他曾踏着它们一路走来，现在他坐在上面，呜咽不已。

十天后，斯波坎国际铁路的列车重新通车，格兰尼尔乘列车北上去了不列颠哥伦比亚省的克雷斯顿，当天晚上就回来，其间途经山谷，他曾经的家。格兰尼尔特地听了新闻报道，据说是火势蹿上了山脊，直烧到山背面的半山腰上。绵延的狭长山谷，如同在壕沟内点起篝火，大火一点点摧毁了整个峡谷。罗伯特·格兰尼尔一辈子都忘不了那被烧毁的山谷夕阳西下时分的模样，最梦幻的场景在他眼前无比真切地展开——天空的最后一缕光线绚烂而柔和，山谷那头的阳光抚摸着高高飘浮的几朵白云；另一些螺纹状的云彩交织着灰色和粉色；飘浮在最低处的云朵轻拂过布萨德山和皇后山的顶峰；在奇幻的天空下，漆黑山谷一片死寂，就连火车穿过时发出的巨大轰鸣声也无法唤醒这个死气沉沉的世界。

克雷斯顿只有坏消息。那里没有摩耶山谷火灾的生还者。

格兰尼尔在表姐家里待了几周，这没让他好过多少，本能的悲痛和措手不及的局面一块儿折磨着他。他明白自己失去了妻子和女儿，但有时他却觉得格拉迪斯和凯特逃出了大火，因此他应该寻遍天涯海角，直到找到她俩为止。这念头犹如势不可挡的军队，排山倒海地涌向他。他每天夜里都从噩梦中惊醒：格拉迪斯从一片漆黑中出现在原来的家门口，穿着还在冒烟的褴褛衣衫，怀抱女儿，当发现家已焚毁殆尽，便站在废墟中哭泣起来。

九月份，当大火过去三十天之后，格兰尼尔租了两匹马和一辆马车，载着一堆生活物资，出发去沿河公路，准备在自己的土地上修建一个临时住所，整个冬天都驻扎在那里，等家人回来。也许有人认为这个计划很病态，但恰恰是这种体验将他的理性拉了回来。一走进废墟，他便感到自己内心的悲伤也在变得焦黑，变得纯粹，仿佛这悲伤是一块具体的实物，而附着其上的疯狂臆想和侥幸希望都被烧掉了。他驶过一层厚厚的灰烬，轧出的车行道与冬日积雪中的车辙一样深。只有最敏捷的飞禽走兽才逃得出这场弥天大火。

在这片废墟中跋涉了数英里后，他再也闻不了烟熏的恶臭，只好打道回府，重返小镇。

入秋后不久，从斯波坎来的商人们在草甸湾的铁道营修建了一个旅馆。开春了，几个流离失所的家庭回到摩耶山谷，开始重建家园。格兰尼尔觉得自己不会步他们的后尘，不过，五月份的时候，他还是来到河边露营，捕捞斑鳟，同时搜寻一种稀有而美味的蘑菇，加拿大人称为“羊肚菌”，它们冲破了荒芜的土地，从地底下钻了出来。一路向北走了好几天，不知不觉，格兰尼尔已经来到了离自己的旧居不远处的地方，沿着一条集水沟向上爬，那是他和格拉迪斯往来河边惯走的路线。已经有许多新芽和野花从这片焦土中生发出来，让他很是惊讶。

他爬上小木屋旧址，已经看不到任何从前生活的影子了，只余下一块黑土地，四周环绕着烧焦的云杉针叶。小屋已被大火彻底烧成煤渣，灰烬与地表各处的泥土混在一起，被大雪覆压，然后随着冰雪融化而逐渐冲刷干净，溶解殆尽。

他发现了歪在一旁的柴火炉，支腿卷曲起来，像甲壳虫。他把炉腿扳正，撬开把手。合页脱落，门掉下来，里面杵着一截粗矮的桦木，灼烧的程度不算深。“格拉迪斯！”

他大声喊道。他所钟爱的每件事物都化为身旁的灰烬，而她所触碰过的东西，只留下了这一个。

刨开地上结块的泥土，他几乎辨认不出任何东西了。他拖着步子，在成堆的灰烬中踢到一根他过去用来修筑房屋墙壁的长钉，除此之外再无其他。

那本《圣经》也消失得无影无踪。在格兰尼尔看来，如果上帝连祂自己的文字都无法保护，那就证明大火比上帝更强大。

六七月份的时候，这片空地会重新变得绿意盎然。已经有数十棵一英尺高的短叶松从灰烬中长出来。他想起可怜的小凯特，再次对自己大声说："她还来不及长到能看见树发芽呢。"

格兰尼尔觉得自己肯定是这片不毛之地上唯一的生物。但当他站在旧址上，大声跟自己说话时，他远远地听见山顶的狼在呼应他，而那声音又被别的狼呼应，直到整座山谷都唱起歌来。还有鸟儿在附近盘旋，也许它们不是在觅食，只是在飞越荒原时，寻找一处光亮的地方短暂地栖息一会儿。

格拉迪斯，或者她的魂魄，在渐渐向他靠拢。有种感觉向他袭来，似乎这里有属于她和孩子的什么东西，正躺在那里等着他认领。是什么呢？他相信是格拉迪斯买来放进红盒子里，用白纸包成杯状的巧克力。这个想法很疯狂，但他也不必与之抗争。以往每周都有一回，她和孩子的嘴里各自含着一块巧克力。突然，他看见这些白纸杯在他面前散落得到处都是。当他盯住其中一个看时，它又马上消失了。

天色暗下来，格兰尼尔铺了块毯子躺在河边，一个东西从他眼前一闪而过，顺着河流飞翔。定睛一看，是他的妻子格拉迪斯的白帽子飘过头顶。

他在帐篷里待了几个礼拜，苦苦守候更多类似帽子、巧克力的景象出现，但愿自己想看见多少就能出现多少。他也明白，只要在这里看到不可思议的幻象并且为之着迷，他便会陷入自言自语的习惯中。每天都有很多次，他会泄气地长叹一声，然后说道："这生活糟透了！"但随即又想，最好振作起来做点事情，别再总是唉声叹气了。

有时他会想起凯特，那惹人疼的小丫头，但次数不多。她的故事没那么伤感。她几乎一直在沉睡，存在感弱得多。

他将干羊肚菌和新鲜鳟鱼一起煮着吃，拌上从草甸湾的商店里买来的黄油，就这样给整个夏天画上句号。过了一会儿来了只狗，一只红毛母狗。这狗待在他身边，他便不再和自己说话，耻于让动物看见这一幕。他在草甸湾买了块防水布和几截绳子，稍后又买了一只母山羊带回帐篷，狗儿小心翼翼地跟在后面，和新来的家伙保持一定距离。他把山羊拴在披屋附近。

他花了几天时间沿溪而行，在山谷里烧得不太厉害的地方收集柳枝，用它们编织了一个两码宽、半码高的装货箱。他带着狗去草甸湾，买了四只母鸡，一只公鸡，将它们捆在一起，装进米袋子里运回家，然后关进鸡笼。他每隔一段时间将它们放出来一两天，用围栏圈起来，像是怕它们躲到什么看不见的地方去，其实这片荒地已经毁得连藏鸡蛋的地方都难觅了。

小红狗靠喝山羊奶和吃鱼头过活，格兰尼尔猜测，它会吃任何它能找到的食物。只要它愿意，它会是一个不错的伴侣，但有时候它也会在外游荡上好几天不回来。

由于地面荒芜得无法放牧，他便给山羊喂鸡饲料，但这样成本太高了。九月的第一次霜降后，他宰了那只山羊，剐掉了它的肉。

第二次霜降之后的几周里，他一只接一只地杀鸡，公鸡也不例外。他把它们给炖了，和狗儿一起吃得精光。然后，他去了草甸湾。除了他的披屋，他没有修建任何花园和建筑。

在他准备出发时，他和他的狗讨论了一下未来。“我不是在城里养狗的人，”他对这家伙说，“但我看你年纪不小了，我不相信一条老狗可以靠自己在山上挨过一个冬天。”他告诉它，他会多花五美分把它带上火车，去往十几英里外的邦纳斯费里，但这肯定不适合它。一天，当他带上仅有的一点行李走下草甸湾的月台时，那条小红狗却消失不见了，于是他便独自离开了。

一年前在罗宾逊峡谷打的短工给格兰尼尔留下足够的

钱在邦纳斯费里过冬，但为了多找点事做，他找了一份每小时二十美分的工作，给一个叫威廉斯的男人打工，这人跟大北方铁路公司签约，以每考得[①]二点七五美元的价格卖给他们一千考得的木柴。持续的劳作使得他和其他七位同伴整天都很暖和，即便这是多年来最寒冷的一个冬天。库特内河冻得很结实。一天，在场坝上，他们看见一群两百只左右的家畜被赶着从河面上穿过。场坝是用来放置马车拉来的桦树和落叶松木材的，准备送去锯断劈开。家畜们来到一片白茫茫的冰面上，搅起一片雪雾。雪雾起初只是笼罩了它们，接着是整个河北岸，最后越升越高，遮蔽了太阳和天空。

三月下旬，格兰尼尔回到摩耶山谷的老家，这次他拖了一马车的物资。

动物们都回到了森林里没被烧尽的地方。格兰尼尔驾着马车，赶着一匹肥大迟缓的沙黄色母马，聚集在乌紫色"熊出没"指示牌上的橘色蝴蝶一哄而散，仿佛叶子离开树一般，奇妙地扑闪着。比人还多的熊在泥泞的道路上行走，路中间留下笔直的脚印；到了夏天，它们会在低矮的黑果木丛中觅食，现在他已经发现这些植物从黑色的山坡上冒

① 考得（cord），林业专属的材积单位，专门测量干燥木材，如柴火、纸浆用木材等。当一堆木头整齐紧密堆叠，占一百二十八立方英尺（三点六二立方米）的体积时，便是一考得，相当于四英尺（一点二二米）高，八英尺（一点四四米）长与四英尺（一点二二米）深。

了出来。

在河边露营的旧址，他支起了帆布披屋，砍了六十根烧过的云杉，每根粗细都不超过他的帽子。根据一条公认的理论，假如一个人独自建造木屋，他可以搬动的木材，直径约等同于其脑袋大小。他租来一匹马，将木材铺到空地上，然后还得把整套装备运回邦纳斯费里的马厩，然后跳上火车返回草甸湾。

直到一两天后回到旧居——现在的新居，他才发现自己的劳作于美景有碍：最是一年春好处，此时阳光明媚，风景如画，摩耶山谷里涌现出大面积的绿色，衬在大火遗留的黑底上。这片土地正在痊愈。杂草和短叶松都已经过膝了。一阵风吹来，松树花粉在山谷中飘浮成一团深黄色的雾。假如他没有拔掉才长出的作物，他的空地会重新长成一片蓊郁的树林。

他把小屋建造成十八英尺乘十八英尺的大小，划出基准线，在没膝的基沟里打下基石，然后趴到霜冻线下面，在木头上画好线，随后把木头砍倒，让它们一根根紧靠在一起，并在这排木头上砍出一道刻痕，然后背抵在较高的木头上，将它们一一抬到位置上。他花了一个月的时间，将四面墙修到八英尺高。窗户和房顶留到晚些再做，先等他找到磨好的滚花木材再说。他将帆布抛到小屋的东头，用于防雨。树皮也不必剥了，大火已经替他完成了这项工作。他听说被火烧过的木材更耐用，但小屋却因此散发出一股臭味。于是他在泥地的正中间烧了一大堆短叶松的松针，想让味道变一变，没多会儿便大功告成。

六月初的光景，小红狗出现了，它在角落里住下，生了一窝长相酷似狼的小狗。

在草甸湾的商店里，他将这个最新消息告诉了一个库特内印第安人①，名叫鲍勃。库特内人鲍勃是个老实人，滴酒不沾，和格兰尼尔一样，总是在镇上勤劳地工作，两人相识也有很多年了。库特内人鲍勃说，如果狗崽的模样长得像狼，那可就奇怪了。这个库特内人的说法是，狼窝里只有一对狼能够生崽，除了狼群首领以外，任何一匹狼都没有资格交配。而首领找来生崽的母狼则是当时狼群里唯一处于发情期的。"所以我告诉你，"鲍勃说，"你那流浪的小狗不会生出一窝狼来的。"但万一它经过狼群时，刚好处于发情期呢？格兰尼尔想知道——狼王会不会为了图新鲜而骑在它身上？"有可能，有可能，"鲍勃说，"也许吧。也许你会有一群'狼狗'。也许你已经在喂养它们了，罗伯特。"

有三只崽在母狗断奶后便离家出走了，只留下一只不合群的小公狗被母亲接纳，留了下来。格兰尼尔深信这只小狗是由狼所生，但每当远处的狼群在薄暮时分高歌，有的嚎声甚至是从不列颠哥伦比亚省那一侧的塞尔扣克山脉

① 库特内是北美印第安人的一个部落，分布于不列颠哥伦比亚省东南部、爱达荷州北部、蒙大拿州西北部。

那么远的地方传来，小狗却从来没有哪怕是哼哼地回应过一声。这东西需要有人教教它的天性，格兰尼尔想。一天晚上，他坐在它身边嗥叫起来。这只幼犬只是屁股坐在地上，从紧闭的嘴里傻乎乎地伸出一英寸舌头。“你的天性被压抑了，别人嗥叫的时候你也该嗥叫。”他告诉这只杂种狗。然后他站直身子，发出一声悲伤的长啸，穿越峡谷，穿越在即将降临的夜幕中他逐渐看不见的、在低处静静流淌的河……而小狗却还是一声不吭。但从此以后，每逢听见黄昏的狼群在歌唱，格兰尼尔都会昂起头，用尽全身力气狂嗥，这样让他比较舒服。嗥叫驱散了他内心越积越多的沉重感，与不列颠哥伦比亚的狼群大合唱了一整晚，让他感觉通体温暖，周身轻快。

他对库特内人鲍勃说了这个最新情况。“嗥叫，真的吗？”印第安人说道，“那就这样吧。事情发生了，这就像他们说的：天底下没有驯服不了男人的狼。”

这只幼犬在秋天来临之前失踪了，格兰尼尔希望它能穿过边境线去找它加拿大的兄弟们，但他只能做最坏的设想：它将最终成为老鹰或郊狼的猎物。

许多年过后，一九三〇年，格兰尼尔恰好在库特内人鲍勃一命呜呼那天又见到了这个印第安人。那天，库特内人鲍勃平生第一次喝醉了。一些牧场工人从不列颠哥伦比亚跨境过来看他，弄了一壶珊迪——这是一种掺了柠檬汁的啤酒。他们告诉他，喝这种酒是不违法的，因为柠檬汁可以使啤酒的一切作用失效。库特内人鲍勃信以为真，由于美国至今已有超过十年处于禁酒令的控制下，这些可以合法饮酒的加拿大人被视为酒精专家。傍晚时分，格兰尼尔发现老鲍勃坐在草甸湾的旅馆门口长椅上，双腿围着一只八夸脱的金属平底锅，盛满啤酒——显然里面没有柠檬汁——像口渴的狗一般舔着喝。这个印第安人已经喝了一下午，不断傻笑着，连说话的力气也没有了。天黑以后的某个时辰，他离开了这里，沿着铁轨晃荡了一英里，在无意识中躺倒在铁轨枕木上，然后被一连串的火车碾过。大约有四到五辆火车从他身上开过去，直到次日下午，一大群聚集于此的乌鸦才引来人调查。此时，库特内人鲍勃的尸肉已经沿着铁道撒落了四分之一英里。接下去的几天里，他的族人们顺着铁道旁的小块土地，低头找寻着哪怕一点点能证明是他的血肉或衣物的，没被乌鸦找到的东西，将它们收集起来，放进色泽明丽的皮袋子里，这一定是他们从某个地方特意取下来的。这些袋子随后将在一场得体的葬礼上被埋葬。

五

格兰尼尔夏天住在华盛顿州，春天和秋天待在他的小木屋里，冬天则在邦纳斯费里的工作地点住宿——当他已经摸索出自己的季节性生活规律时，便知道这样的生活难以持久。在第二间小木屋中，他已经住了大约四年。

他在夏天挣的钱足够支撑他全年的生活，但他的身体不是铁打的。起初他觉得自己非常需要一个冬天来恢复体力，修复身体；然后他怀疑一个冬天的时间都不够。他的两个膝盖都很痛。每次伸直胳膊，肘关节便会啪啪地发出很大声响。每当他把右肩摆到一个别扭的角度，它就会像被什么东西钩咬住一样。多数时候，全身的僵硬感会在上午自行减退一半，然后他又会像发动机那样持续劳作一个下午，但他早过了三十五岁，已年近四十，的确不再适合干伐木的活儿了。

一晃到了一九二五年四月，他没有动身去华盛顿。这段时间只要愿意干，城里有的是活儿，而他却更想离家近些，而且他刚得了两匹马和一驾四轮马车，只是得来的缘由颇为感伤。马车是平卡姆夫妇的，他们在 2 号高速公路上开了个机械修理店。他们的孙子亨利，人们叫他汉克，是个不到二十岁、块头巨大的青年，和格兰尼尔刚二十出头那会儿一样年轻。他答应帮着汉克一起把几袋玉米面放到他祖父母的马车上，因为他正好在这里稍作停留，给锯柄买螺丝钉。他们才刚装了两袋，汉克突然把第三袋从肩上扔到谷仓的泥地上，说道："我今天头晕得要命。"然后坐在一堆面袋上，把帽子脱下来，突然重重地歪倒在一边，死了。

他爷爷听见格兰尼尔叫他，连忙从屋里冲出来，一面跑到孩子身边，一面痛苦地叫着："哦，哦，哦！"他大张着嘴，一脸的难以置信："他还没走，是吧？"

"我不知道，先生。我也不好说，他坐下后就跌倒了。我甚至都没听到他说一句哪儿不舒服。"格兰尼尔告诉他。

"我们需要请你帮忙走一趟。"平卡姆先生说道。

"要我去哪儿？"

"我现在得去叫他奶奶过来，"平卡姆说，他带着恐惧的表情，望着格兰尼尔，"她在屋里。"

格兰尼尔留下来看着这个死去的男孩，但在只剩下他俩单独在一起时，格兰尼尔不敢正眼瞅他。

老平卡姆夫人赶到谷仓，一边拍打着双手，一边喊道："汉克？汉克？"她弯腰靠近他，把孙子的脸捧在手中："你走了吗？"

"他走了，是吧？"她丈夫说道。

“他走了，他走了！”

“他走了，玻尔。”

“现在上帝和他在一起了。”平卡姆夫人说。

“亲爱的主啊，请将这孩子揽入怀中……”

“您从一开始就知道会有这一天！”老妇人哭起来。

“他的心脏不好。”平卡姆先生解释道。

“心脏是他的死穴，”平卡姆太太说，“只要好好观察过他，就会发现的。”

“是的。”平卡姆先生附和道。

“他是个多可爱多好的孩子啊，”平卡姆太太说，“他年纪还那么小，那么小！”她悲愤不已，站起身拔足迈出谷仓，在2号高速公路的边上定定地站着。

格兰尼尔见过死人，却从未见证过一个人的死亡过程。他也不知道该说点或做点什么。他觉得自己该走，又不该走。

平卡姆先生站在房屋投下的阴影中，他请格兰尼尔帮个忙。他太太这会儿正在院子里等着，她头顶上的阳光和白云狂热地交缠在一起，她的表情很吃惊，从这个距离看过去，她像个年轻女孩，而且，也很美，至少在格兰尼尔看来是如此。“你能把他带到赫尔默家去吗？”赫尔默是墓地管理员，他在理发师史密森的协助下，也经常处理尸体下葬事宜。“我们得把可怜的小汉克放到马车上。你把他放到马车上，然后带他走，好吗？这样我就可以去照顾他奶奶。她快要发疯了。”

他俩一起用尽全力把死去的小伙子沉重的身体搬上马车，折腾了半天，只得找来两条长木板，斜倚在马车车身上，通过木板缓缓把尸体推送上去，直到把他在车身上安放好。“哦——哦——哦——哦——”每推一次，祖父便大叫一声。格兰尼尔已经有很多年没碰过别人的身体了，即使是出于特殊情况，这次经历仍旧令他印象深刻，永生难忘。他“驾，驾”地赶着平卡姆家的一对老母马，拉着年轻的逝者汉克·平卡姆前往赫尔默的墓地。

刚把尸体卸下来，赫尔默便提出，他也想请格兰尼尔帮个忙。“如果你能送一副棺材到特洛伊的监狱去，然后到梅因的场坝装一大批木材，最后帮我把木材运到利昂娜那里，我按两份工作给你算钱。你一举两得，或者这么说吧，”他说，“你出一次工得两倍的工钱，怎么样，先生？”

“价钱我无所谓。”格兰尼尔告诉他。

“我给你算每英里五美分。”

“我还得在平卡姆家停一下，跟他们商量一下价码。我要每英里二十美分才有得赚。”

“那这样吧，十美分，就这么定了。”

“还要再高点。”

“全部下来六美元。”

“我需要纸和笔。如果不算清楚，我不知道该拿多少钱。”

这个矮小的殡仪执事给了他纸笔，两人共同商定，公道的价格是六块半美元。

晚秋近冬的那段时间，格兰尼尔从平卡姆家租下两匹母马和马车，马跟着主人膳宿，他则变成了忙碌的承运人。他的大多数工作都需要他沿着2号高速公路东西向来回。他所服务的这些小型社区都离铁路很遥远。

每当有些跑腿的活儿需要他顺着库特内河下行时，他的脑海中总是不由自主地浮现出威廉·克斯维尔·黑利的形象，那个奄奄一息的外来工。格兰尼尔对于自己没能帮助他的悔恨非但没有随着时光流逝而淡化，反而越发强烈了。有时候他还会想起自己差点协助杀死的那个中国铁路工。追悔往事令他胸闷心慌。他敢肯定这个中国人报复了他，发了毒咒把凯特和格拉迪斯烧成灰烬。他觉得这个惩罚实在过于沉重了。

但搬运的活儿比他之前干过的所有工作都好。这个工作就是一张戏票，让他看尽左邻右舍的各种愚蠢和挣扎。格兰尼尔也有了时间安排自己的生活。他和平卡姆家签订了合同，花三百美元，以分期付款的方式买下马儿和马车。

他下决心这么做的时候，这个地区的积雪已有一英尺深，但他仍然继续干了一两个礼拜搬运工作。对低海拔的地区而言，这个冬天还不算太冷，但高处的乡村都冻透了。在格兰尼尔最后接手的几单活儿中，有一单就是上亚克河公路，到针碲金银矿钻井村的一个酒吧去，那里有个采矿人，孤身一人上山，进了棚屋，正要把冻成冰的炸药放在炉子上解冻时，把自己炸飞了。那人躺在酒吧柜台上，还能喘气说话，一边小口喝着免费的威士忌酒，一边对他的狗赞不绝口。多亏他的狗跑出去求援才救了他。那只狗在酒吧周围撕心裂肺地狂吠了半日，有顾客实在受不了，便拿绳索套了它，把它拽回家，到家却发现它的主人全身被炸伤，正在棚屋废墟中大声呼救。

关于狗儿们那些惊心动魄的传奇故事，什么大营救、小伎俩、忠肝义胆、妙通人性之类，沿着库特内河，在河道走廊地区广为流传。那年他接手的最后一单活儿，是将一个男人从草甸湾运往邦纳斯费里，而那人竟然让自己养的狗给射伤了。

被狗射伤的男人叫彼得森，老家在弗吉尼亚州，他是斯波坎国际铁路公司的检测员，时常在这个地区来来去去，与格兰尼尔打过几次照面。彼得森的老板和同事本可以再等等，第二天用火车把他送回镇上，但他们觉得他可能挨不到明天了，所以格兰尼尔给他裹了条毯子，装了六袋木屑，让他半坐在木屑上面，尽量躺得舒服一点，然后拉着他上了摩耶河公路。

“你觉得需要点什么东西吗？”行程开始时，格兰尼尔问他。

格兰尼尔觉得彼得森可能睡着了，或者更糟。但一分钟以后，这个伤者回答道：“不用。我很好。”

这个月的冰雪融化得比较早。融化的雪水从车辙里流淌出来。树林里露出了光秃秃的地皮。但即使如此，天气还是寒冷彻骨，格兰尼尔希望自己最后不会运一具冰冷的尸体过去。

刚开始的几英里路，他和这位乘客没说几句话，因为彼得森有一个带凹痕的脑袋和一双癫狂的眼睛，那是年轻时的某次事故中留下的印记，模样实在惨不忍睹。

格兰尼尔强迫自己时不时朝男人的方向望一眼，只为确认他还活着。随着阳光从峡谷中散去，彼得森癫狂的眼睛和整张脸逐渐模糊了。就算是他现在就死，也很可能必须等到抵达医生家门口，在煤气灯光的照射下才会被格兰尼尔发现。他们在沉默中前行了大约一个钟头，只听见马车嘎吱作响，近旁的河水在流淌，耳边传来清脆的马蹄声。天色渐渐暗下来。

格兰尼尔讨厌影子，讨厌桦树那纺锤形的剪影，以及捆在黄色的半月周围那细长的云。它们像是集体商量好了来吓唬他隐藏在内心深处的幼童。“先生，你还在吗？”他问彼得森。

“谁？我？没死，还活着。”彼得森回答。

“那么，我想问——你觉得今晚还能坚持吗？”

“你是想问，我今晚会不会死？”

“是的，先生。”格兰尼尔说。

“不会。我今天晚上死不了。”

“那就好。”

“尤其是对我好。”

格兰尼尔现在觉得他俩的交谈已经铺垫得足够，可以提出那个令他好奇的问题了。“斯托特太太，你的老板娘，她说是你的狗开枪打伤了你。”

“是啊，她是位诚实的女士——反正据我了解是这样。”

“没错，我对她的印象也差不多，”格兰尼尔说，“她说是你的狗开枪打伤了你。”

彼得森沉默了一会儿。过了片刻，他咳嗽了一声，说道：“你能感觉到空气里有一小股暖流吗？好像是上周的暖空气回转，回到我们这里来了？”

“我没怎么感觉到，”格兰尼尔说，“你就护着你的暖空气吧，一会儿就到山脊了。”

月亮渐渐升起，他们继续向前走。

“不管怎么说。”格兰尼尔说。

彼得森不作声，就跟没听见一样。

“你的狗真的朝你开枪了？”

“是的。我自己的狗用我自己的枪朝我开火。哎哟！”彼得森说道，轻轻换了个姿势，“你赶着马过车辙的时候，能缓着点吗，先生？”

“我可不管，”格兰尼尔说，“反正你肯定会接受医疗看护，或者别的什么东西。”

“那好吧。只要你愿意，就像‘驿马快信’① 那样跑吧。”

“我不明白一只狗怎么能开枪。”

“可它就那么做了。”

“它是用的来复枪吗？”

“不是大炮，不是手枪，就是来复枪。”

“说起来，这件事很蹊跷，彼得森先生。怎么会发生这样的事呢？”

“是自卫行为。”

格兰尼尔等着他的下文。但整整一分钟过去了，彼得森还是一声不吭。

“那就打开天窗说亮话吧，”格兰尼尔被他弄得有些激动，“如果你想拐弯抹角地兜圈子，那我马上就可以把车停下，你走就是了。你身上有个洞，我要把你带到镇上去，而我问为什么你的狗会朝你开枪这么简单的问题，你却一问三不知，假装成个呆瓜农场工。”

“好吧！”彼得森笑了，随之牵扯出的疼痛又让他呻吟起来，“我的狗是为了自卫才对我开枪的。一开始是我要杀它，因为库特内人鲍勃，也就是那个印第安人说的那些关于它的事。我把它绑起来准备干掉它，结果它从绳索里滑

① 驿马快信，美国近代一项利用快马接力，在加利福尼亚州和密苏里州间传递邮件的系统。驿马快信创立于一八六〇年四月，在一八六一年十月横跨北美大陆的电报系统完成后便宣告停用，总共只存在了一年半的时间，却留下了许多传奇故事。

出去了。”彼得森咳嗽了几声，安静了几秒钟。“我不会跟你绕弯子了！只是要先等我过了这疼劲儿。”

“好吧。但话说回来，为什么你要绑住库特内人鲍勃，他跟这件事又有什么关系呢？”

“不是库特内人鲍勃！我绑的是狗。库特内人鲍勃跟这回事一点关系都没有，他是之前的事。”

“我是想说，为什么又是狗呢。”

“我说的，也是狗。狗才是被我绑住的那个东西。它挣脱绳索跑到我够不着的地方——我每往前进一步，它就往后退一步。它知道我已经打定主意要干掉它，就因为库特内人鲍勃说的那些话。这只狗通人性——因为库特内人鲍勃告诉了我发生在他身上的事——它突然什么都明白了。所以我摇着来复枪管，用枪托打这只不听话的老畜生。结果砰的一声，我被震得一屁股坐在地上。然后我倒下了，只觉得天旋地转。格兰尼尔先生，我中枪了！”彼得森指了指绑在左肩和胸口之间的绷带，“是被我自己的狗打的！”

彼得森继续说：“我相信它之所以会这样做，是因为它和狼女说过话，如果狼女是个人的话。我也不知道她是什么，总之她就是某种创造物，假如她真是被创造出来的。但这地球上有些生物不是被上帝创造出来的。”

“说过话？”

“对。夏天的一个晚上，我把狗留在屋子里，它一直在狂吠。我想让它到我身边来，只要它再惹我生气，我就用引火棒打它。第二天早晨，它爬上了墙，从窗户跑出去，就像熊爬上树那样。然后，它开始前前后后地刨走廊的地面，然后再前前后后、来来回回地刨院子的地，最后它不刨了，走了，我有十三天没见到它。其实那样也好啊，也好。可是这件事过去没多久，有一天，库特内人鲍勃路过，顺道来看我。你认识他吗？他的名字叫鲍勃猫什么的，或者是‘鲍勃猫吃掉一座山’之类的只有那些吵闹的印第安人才会起的名字。他想问你讨点钱，一小撮鼻烟，几口水，每个季节都会出现一两次。他告诉我的话——你猜得到吧：他说，有人看见狼女在附近出没。我给他看了看我的狗，说这家伙走了十三天，回来以后像是变野了，几乎不认得我了。鲍勃盯着它的脸，蹲下来，凑得非常近，说：‘你最好开枪杀了这只狗，要不这么做的话，我就活该天诛地灭！我在这只狗的瞳孔里看到了狼女的影子。这只狗已经跟狼混到一起了，彼得森先生。没错，你最好在下一个满月之前杀了这只狗，不然它就会把狼女召唤到你家里头来，然后狼会吃你的肉，喝你的血，就像喝威士忌酒那样。’你觉得我会害怕吗？是，我害怕。‘她会喝血喝得醉醺醺，然后一边在公路上狂奔，一边用你的声音说话，彼得森先生。’这是他对我说的原话。‘她会到每一个你害过的人的窗口，用你的声音告诉他们你所做过的坏事。’其实，我知道那个狼女。很多年前有人见过她带领着一群狼出现。斯托特的表兄上个圣诞节从西雅图回来，正好看见她，他说她的两腿间有一团血污，还往下滴血。”

“一团血污？”格兰尼尔问道，他感到了一股深入骨髓的恐惧。

“别问我那是什么，就是一团血污。但库特内人鲍勃那个伐木工说，有些人相信这是她产后的胎衣，或者从她子宫里扯出的狼孩的一部分。你知道他们信基督。”

“什么？谁？”

“库特内人，信基督，还有天使、魔鬼，和其他不是由上帝创造出来的生物，比如狼人。他们相信自己听说的任何诡异神秘的、带有宗教意味的东西。库特内人把动物叫做人。‘土狼人’‘熊人’等这些说法都有。”

格兰尼尔望着前方笼罩在黑暗中的道路，很怕狼女会突然出现。“我的上帝啊，”他说，“不知道今后我哪儿来勇气再走这条夜路。”

“你会怎么想呢？我晚上都睡不着觉了。”彼得森说。

“我觉得，上帝会给我力量的。”

彼得森用鼻子哼了一声：“狼女不是上帝创造出来的物种。她是狼和某些变态的人创造出来的。你小的时候有没有和其他男孩一起搞过奶牛？”

“你说什么！”

“在你小时候，有没有骑过树桩，爱上过奶牛？在我的老家，人人都干过。这不算什么变态行为。”

“你是说你可以跟奶牛生孩子，或者跟狼生孩子？你？我？一个人类？”

彼得森的声音听起来有些膨胀，洋溢着恐惧的激情。“我是说，只要天黑下来，满月出现，那些不是上帝创造的生物就会冒出来，”他发出一种类似脖子被掐住的声音，“上帝啊！我一咳嗽，这个洞就疼。但幸好我不用再提心吊胆地睡觉，等着狼女和她的狼群来找我了。”

“但你接受了那印第安人给你的建议吗？你对那条狗开枪了吗？”

“没有！它对我开枪了。”

“哦。”格兰尼尔说。他一直在恐惧地胡思乱想，完全忘记了这部分情节。他再次望向两旁的树丛，并没有狼女带着成群结队的狼群出现。

这些谣言流传了一段时间。警长讯问过几个声称见到这种生物的目击者，确认他们都是头脑清醒的良民。按照他们的供词，警长判定狼人是母的。人们害怕她会诞下更多杂种，更多狼人，更多怪物。从逻辑上来说，最终，这些怪物会引诱魔鬼，给这个地区降下万千厄运。而那些被视作异教徒和进行封建迷信行为的库特内人会和它们结婚，从而变成撒旦的祭品。而在这一天到来之前，只有血与火能将渗透进整个山谷里的邪恶势力涤荡干净……

然而，这些不过是闲人们的恶意揣测而已，当大选之季来临之时，高举银本位制的邪恶政客们和铁路上的各类偷抢劫掠事件吸引了他们的注意力，流传在摩耶河流域群山之间的神秘事件暂时被遗忘了。

六

从结婚到成为鳏夫，总共还不到四年时间，此后的格兰尼尔一直住在旧宅下方的河畔披屋里。入夜后，他会点起篝火，任焰火有多高蹿多高，然后常常在辗转无眠中挨到天明。他害怕自己的梦。一开始，他梦见的是格拉迪斯和凯特，然后便只有格拉迪斯。最后，当他在孤寂的沉默中度过了两个月后，格兰尼尔就只梦见篝火和他入睡前拨火的场景——那是他的手和他拿来当拨火棍的一截被烧焦的扭叶松树枝的剪影。早上醒来，他看到树枝深色的灰烬和残木，大吃一惊，因为他在梦中明明看着它烧了整整一夜。

如此这般，又过了三年，他的第二间小屋坐落于旧宅的原址。现在他晚上睡得很踏实，经常梦见火车，而且往往是同一列：他就坐在那列火车上，闻得到煤烟味，整个世界都在眼前掠过。直到火车的轰鸣声逐渐消逝，他还兀自驻足，停留在那个世界里。这些情境有一种微弱的熟悉感，他知道这是来自童年的记忆。有时他醒来听到斯波坎“国际铁路”列车的汽笛声在河谷中渐渐散去，才意识到昨晚梦中听到的是火车头的声音。

在新居住下的第二个冬天，十二月，这样的梦惊醒了他。火车一路向北，直到他听不见任何声响。在另一个世界重返童年，这让他心生恐惧，再也无法安然入睡。黑暗中，他不由得端详起小屋来。如今他已给家装上了适宜的天花板，安好窗户，屋里配了两把椅子，一张桌子，一个桶形的火炉。除了他和红狗仍在打地铺，这间屋子在很大程度上已经恢复为当初他和格拉迪斯及凯特共享天伦之乐的原貌。也许这就是他对事实的理解：现在，在漆黑的夜里，从噩梦中醒来后，格拉迪斯的灵魂会受到召唤，重新回来看望他。在她现身之前的好一会儿，他都能感受到她在屋内活动。他能明白无误地察觉到她的存在，正如即使闭上双眼，他也能感知到某个从窗前走过并遮挡住阳光的身影。

他把右手放在趴在身边的小狗身上。狗既没有狂吠也没有低吼，但当格拉迪斯的灵魂在屋内显现，他能感觉到狗的后背毛发直立，而且硬挺起来。这灵魂的示现，最开始只是颤抖的光亮，从忽明忽暗的蜡烛中绽出，逐渐呈现出一个女人的形状。她的轮廓发出微光，那光芒摇曳生姿，让四周的阴影战栗不已。然后格拉迪斯出现了——此外别无他人，她的身影闪烁得那么虚幻，一如电影中的人物。

格拉迪斯没有说话，但她将自己的感受播散出来：她在哀悼自己不知所踪的女儿。没有了亲生骨肉，她不能在耶稣的抚慰下安睡，也无法在亚伯拉罕的怀抱中休憩。她的女儿没能够穿越人间跻身魂灵，只能在苍茫俗世中徘徊，一个幼童，在燃烧的森林里孤零零地游荡。但森林已经不再燃烧了，他对她说。格拉迪斯没有听见。就在他眼前，她重现了自己生命最后的时刻：森林在燃烧，滚滚浓烟自山上迅速向下蔓延，她只有一分钟的时间收拾好几样东西，带上孩子冲出小屋。她手里的东西一样比一样不值钱，热浪逼着她向河水方向奔跑，最后她把衣服和贵重物品全扔掉。在悬崖边，她浑身上下只带了《圣经》及红盒子巧克力，夹在肘下一边一个，再用双手将孩子紧贴在胸膛。她俯下身，把巧克力糖果和沉重的书籍扔到脚边，然后把孩子绑到身上，紧贴围裙内侧，这样便可重新拾起那两件东西。在沿着布满岩石的悬崖向上攀爬时，由于需要一只手来稳定重心，她选择了丢弃《圣经》，而不是巧克力。她对上帝这位万物之主的摈弃，最终使她之前所有的努力前功尽弃。在水流上方二十英尺处，她踩到一块松垮的石头，顷刻间便仰面摔倒在下方的岩石上。她的腿失去了知觉，动弹不得。她只能解开胸口上的结，让孩子能够爬出来，顺着河滩自己求生，就算只能争取到短暂的时间。河水轻抚着她，直到这温柔的力量托起她，包裹她，最终淹没她。从布满漩涡的池塘边，到四处崩裂的乱石丛，巧克力撒落得到处都是，孩子一个个地打开糖纸。伸向水面的云杉有八十英尺长，浑身都在剧烈地燃烧，它向峡谷坠落下来，一簇簇绿色针叶裹着火苗，尾部拖着浓烟，仿佛令人眼花缭乱的烟火蛇舞，针叶前端燃烧着烈焰，拍打水面时吡吡作响。漂流在水中的格拉迪斯渐渐浮出水面，整个世界在她眼前一清二楚。她那木瓦房顶上的苔藓收缩蜷曲，微弱地冒着烟。墙上的木材挤压得爆裂开来，仿佛是大口径弹药筒炸开了花。火炉旁边的桌上，一本杂志正在逐渐卷曲，变黑，燃烧，继而螺旋式上升，最后一页一页飘散，焰火在空中打着旋儿。一扇玻璃窗摔得粉碎，窗帘的边缘处开始变黑，厨房水缸蒸腾着热气，上方架子上的番茄罐子、豆罐子、加拿大红樱罐子，封口处的蜡通通在融化。突然间，屋内所有的灯似乎都被点亮了。桌上的金属盖盐罐子轰然爆炸，然后，整个建筑物就像火柴头那样点燃了。

格拉迪斯眼看着这所有的一切发生，现在她也让他看了个明白。她把死亡留给自己，把生存给了孩子。凯特从大火中逃脱了。

逃脱？格兰尼尔不明白这一讯息的含义。难道河流下游有哪家人救了她的小女儿？“但他们怎么才能做到，我不知道，没有人知道。这样奇特的幸运大逆转可以成为报纸上的大新闻——就像《圣经》中摩西的故事那样。”

他大声地说道。但格拉迪斯在听他说吗？他再也感觉不到她的存在。小屋黯淡下来。狗儿也不再颤抖。

七

此后，格兰尼尔一直住在小屋里，冬天也不例外。多数时候，每到积雪变厚的一月，河谷便在恒久的沉寂中凝滞。但其实，火车驶过的轰隆声，远处狼群的合唱，近处郊狼逡巡来回的聒噪声，这些声音时常在河谷中交响回荡。还有他自己的呼啸声，他几乎已经把这当成一种运动了。

过世妻子的灵魂再也没有在他面前显现。他有时还会梦到她，还有那吞噬她的烈焰。他时常被这样喧嚣不已的梦惊醒，然后发现斯波坎国际铁路的列车正在夜行北上，如雷贯耳的轰鸣声向他笼罩过来。

他住在树林里，与狼群一块儿嗥叫，但他也并非只是一个孤独而古怪的单身汉而已。凭着自己的本事，格兰尼尔还算有所作为。他干起了长途托运的营生。

他很高兴自己没有再找一位妻子，并不是说他找不到，有一个库特内寡妇是很愿意的。但他的一英亩地和一个家园，是他欠格拉迪斯的。他觉得有了一辆马车和两匹马，就能够履行他做丈夫的责任，因为格拉迪斯始终在他的内心深处。

到了冬天，他把两匹母马送到镇上去寄养。这是两匹上了年纪的马，曾经专门用来搬运木材，身形和境况都和他本人差不多，拉车倒是绰绰有余，很在行。为了买这套装备，他在华盛顿州的森林里干了整整一个夏天的活儿，他很高兴这是最后一回了。夏天开始没多久，他的下巴就被一根树枝打歪了，左下巴再也无法回到原位。咀嚼食物让他痛苦不堪，这也是造成他此后骨瘦如柴的最大原因。他的关节碎了。如果他朝后面不太方便的角度伸胳膊，他的右肩就会像保险柜门一样死死紧锁，直到有人踩住他的肋骨，拉扯他的胳膊，方能松动关节。“得使劲拉才行，”他对每个帮他的人这样说道，然后闭上眼进入黑暗，经受骨头对他的折磨，“再使点劲儿，再重点——已经很大力气了，还要再使劲，使劲，只管拉……”直到关节发出一种介于吞咽声和爆裂声之间的响动，才松开。他的右膝越来越经常朝两边摇摆，也教人越来越难相信他能将一个任务善始善终。“我变成这样，都不好给我付账了。”他有一天对老板说道。于是他不再干原来的活儿，唯一要做的就是拆除苦工们住的破旧棚屋，从中淘出好一点的木料。完成这些琐碎杂务后，他回到邦纳斯费里，结束了自己的森林工人生涯。

他乘坐大北方列车到了斯波坎，口袋里装了五百美元，还清马车和马匹的贷款之后还有富余。他在河畔旅店开了间房住下，然后去了县农贸市场。但这项消遣只进行了半小时，因为他在集市上做的第一个决定是错误的。

两个从艾尔伯塔来的男人在集市中央停了一架飞机。他们以每人四美元的价格载客——令人咋舌的高价，因此没多少人选择乘坐这个交通工具。但格兰尼尔很想试试。年轻的飞行员还是个孩子，最多二十出头，满头金发，褐色连衣裤正面镶着金属纽扣。这孩子给了他一副护目镜，将他推到座位上坐好。“爬上去。屁股下面垫点东西。”男孩说。

格兰尼尔坐在飞行员背后的长凳上。他现在离地大约六英尺，看着已经够高了。这个机械装置的两翼看起来脆弱得不堪一击。在两翼静止的情况下，它怎么能飞呢？很明显，是依靠螺旋桨推动空气，自己制造出来的旋风。男孩的父亲神情肃穆，他负责手动开启螺旋桨，让它转动起来。

巨大的惊异感占据了格兰尼尔的意识，接下来，他人飞到了天上，胃却到了别处，根本追不上他。他仿佛是在云端鸟瞰下面的露天市场。地表移到侧面，他的方位感彻底颠倒了。然后这架飞机回正方向，开始在一片嘈杂中缓慢地上升，如同马车在山间蜿蜒前行。除了他的内脏在持续翻江倒海，其他的一切他都逐渐适应。这时，飞行员回头看着他，他戴上帽子和护目镜的样子酷似浣熊。男孩露出牙齿，朝他嚷嚷了句什么，又转身望向前方。飞机像鹰一样俯冲下去，角度越来越垂直于地面，引擎几近无声，格兰尼尔的内脏紧贴脊椎骨。他看见，在那个夏夜的小屋里，他和妻儿一起喝胡德牌沙士的时光，然后是另一个他从未想起过的小屋，那里隐藏着他的童年，辽阔的金色麦田，热浪在马路上闪烁，手臂环绕着他，一个女性声音在浅吟低唱，人生的所有谜题在此全部解开。引擎再度开始咆哮，飞机开始平稳降落，在集市上方盘旋了一阵后回到地面，着陆得非常迅猛，格兰尼尔觉得喉咙几乎要从嘴里跳出来了。

年轻的飞行员帮他着陆。格兰尼尔跌跌撞撞地从机舱里滑下来。他一只手放在机翼上，想稳住身体，但机翼本身便摇摇晃晃。他说："你刚才冲我嚷嚷什么呢?"

"我在跟你说，'要开始俯冲啦!'"

格兰尼尔握了握小伙子的手，说："非常感谢。"然后离开了停机坪。

整个下午，他一直坐在河畔旅馆外巨大的门廊上，直到他找到了一个回爱达荷狭地的借口——一个与埃迪·索尔有关的借口。在邦纳斯费里，他们打小就认识，现在埃迪在淫秽场所挥霍完整个夏天的全部薪水，还说他准备好带着耻辱步行回家。

埃迪说："我被一个妓女给轧了。"

"轧了！那意思好像是他们要杀了你。"

"不，这不是说他们要杀我什么的。我死不了，但我倒希望一了百了。"

格兰尼尔觉得埃迪肯定跟他同岁，但荒淫无度的生活给埃迪平添了不少岁月的痕迹。他的络腮胡子已经白了，嘴唇向牙龈方向萎缩，他的牙齿很可能已经所剩无几。格兰尼尔付了他们两个人的车费，然后一起乘坐火车去草甸湾，在那儿，埃迪也许能混上一份工作。

一个月后，在草甸湾的铁道连接工队里，埃迪花了二十五美元，请格兰尼尔帮他把一个女人从蒙大拿的诺克森运到爱达荷的桑德波因特。这女人名叫克莱尔·汤普森，去年夏天死了丈夫。克莱尔自己不用付任何费用。不难推断埃迪帮助这位寡妇的动机，所以他也并未明说。“我们要走200号公路。”他对格兰尼尔说，好像还有什么其他路可选似的。

格兰尼尔上了他的马车。埃迪则坐上了他妹夫的福特T型汽车。他妹夫将颠簸摇晃的座位去掉，在里面安放了一个平整的货床。这个办法很精明，货物放得稳稳当当，不会把车晃得底朝天。清晨，格兰尼尔与埃迪在蒙大拿的特洛伊汇合，然后朝东向公牛湖路前行，然后往南到诺克森，格兰尼尔比埃迪领先半英里左右，因为他的马不喜欢汽车，似乎也不喜欢埃迪。

一个叫海因茨的小个德国佬在特洛伊东部山上开了个汽车加油站，但他和埃迪的关系也不对付，甚至拒绝向他出售汽油。格兰尼尔刚开始没意识到这个问题，直到埃迪在后面使劲摁喇叭，发出刺耳无比的噪音，车差点碾到马身上。在尘土飞扬的公路上，他俩各自把车停到一边，格兰尼尔对埃迪说：“你可搞清楚了，这两个姑娘什么都见过，什么环境都能忍，就是不喜欢喇叭声。你别在我的马匹周围制造这种声音。”

“你得把马车停在后面，买两三壶汽油，”埃迪说，“那个‘炸肉排酸泡菜’① 德国老家伙完全不跟我说话。”

“你对他干什么了？”

“我什么也没干！我发誓！他就是讨厌某些人，而我就是其中之一。”

那个老家伙也有一辆福特 T，就停在加油站前面。格兰尼尔永远不会跟这种脾气暴烈的机器打交道，当老家伙打开汽车盖，在他看来，这玩意儿就像是切开了半截喉咙。格兰尼尔问他：“你真的知道这里面的发动机是怎么运转的吗？”

“我什么都知道，”海因茨说着，唾沫飞溅，满口生烟，活像一辆汽车，“我就是上帝！”

格兰尼尔在想该怎么回答。这场对话看来是进行不下去了。

“那你肯定知道我要说什么。”

“你要给你的朋友买汽油。他是个魔鬼。你觉得我会把油卖给魔鬼吗？”

“是我要买汽油。我要十五加仑，带壶。”

“那你最好给我五美元。”

---

① “炸肉排酸泡菜”，原文：schnitzel-kraut。Schnitzel 即炸肉排，一种德国菜；kraut 是酸泡菜，也是对德国人的蔑称。

“也可以。”

“你人不错。”德国人说。他个头很小，于是拽过一个低矮的板条箱，站在上面，这样便可以直视格兰尼尔的眼睛，“这样吧，四美元。”

格兰尼尔用军用燃料罐装了三桶汽油，提到福特车旁边时，对埃迪说道：“还是让那伙计恨你比较好。”

“他恨我是因为他女儿曾经在特洛伊的理发店当妓女，”埃迪说，“我是她最喜欢的客人之一。”接着又补充道：“现在她在西雅图生活得很体面，她爹干吗还要恨我呢？”

夜里，他俩在诺克森北部的树林里扎营。格兰尼尔睡得很晚，在他空荡荡的马车里舒适地伸展四肢，直到T型车的颤音喇叭将他吵醒。埃迪在溪水中洗了澡。自打格兰尼尔认识他以来，他头一次把帽子摘掉，露出一头乱发，他的头发大部分都灰了，只剩一点点金色。他刮完脸，又抹了点膏药在割痕上。他的衣服没有领子，但他却把红白相间的领带套在脖子上，一直晃荡到胯下。他的衬衫还是那件从路德教堂的“周六市场”或者“废物堆”里淘来的旧货，但他擦拭了丑陋的工靴，干净的黑裤子浆洗得硬实挺括，走路的步伐也似乎连带受到了影响。这具被怠慢已久的躯体突然受到关注，原先的自然状态顿时被扰乱了，好比万能的造物主遭了当头一棒。而埃迪自己对这种矛盾也心知肚明，他表面上冷静克制，内心却癫狂不已。

“特伦斯·纳普尔斯也跟这个寡妇太太好过，”他穿着僵硬的裤子，对格兰尼尔说道，因为怕扯裂脸上搽的膏药，说话的样子很奇怪，“但我告诉老特伦斯，现在轮到我跟这位女士亲近了，要不然我就要一天二十四小时海扁他。没错，我得吓唬吓唬他。这可不是夸海口，我会把他打得满地找牙。年轻女孩们觉得我太凶神恶煞了，她是我唯一的机会，要不然我就得找一个库特内姑娘，或者移民到斯波坎，或者爬到华莱士去。”爱达荷的华莱士以妓院和妓女著名，她们中间偶尔会有一两个可以在从良之后嫁人，帮忙打理家务。“是我先认识克莱尔的，比特伦斯要早，”他说，“没错，在我十几岁的时候有一小段时间，很悲惨地迷恋过宗教。在为教会服务之前，我在主日学校教小孩子，她是其中一个小孩。反正我记得是这样，好像有点印象。”

格兰尼尔认识克莱尔·汤普森的时候要追溯到邦纳斯费里，那时她还叫做克莱尔·舒克，和他上一个学校，低几级。那时的她是个漂亮姑娘，身上没有一点多余赘肉，头发泛着灰色。一战期间她在欧洲做护士，很晚才嫁人，不久后又守寡。现在她卖了房子，在桑德波因特的公路旁租房住，在爱达荷狭地来来往往。

诺克森的城区坐落于克拉克福克河的南侧，而寡妇的家却在北侧，所以他们完全没机会在商店逗留一会儿喝杯苏打水，便直接来到克莱尔家的前院，将房子清空，尽最大努力把她所有的家当往马车上塞，而大部分沉甸甸的上锁行李箱、工具、厨具，则堆到福特车上，耸得老高，得要一个人举着锄头才能碰到顶。顶部放着两块床垫，上面坐着两个孩子，还有一只小狗。当格兰尼尔注意到孩子们的时候，他们在上方离得实在太远，他辨认不出两人的年龄和性别。工作进行得很迅速。中午，克莱尔给他们端来冰茶、鹿肉三明治和奶酪，一点左右他们便出发了。寡妇挨着埃迪坐在前排，挽住他的胳膊，头上系了块白色头巾，身上穿的黑裙子肯定是差不多一年前服丧的时候买的；两人勾肩搭背地说说笑笑，她的护花使者打算只用一只手握方向盘。格兰尼尔帮他们开了个好头，留下他们独处，但每当到达一段长坡的坡顶，他总是会赶上他们。汽车攀爬得很吃力，水箱都沸溢出来了。埃迪用容量为一加仑的水壶往里注水，水是孩子们从河里打回来的——看来应该是男孩。车队前行得很缓慢，连小狗都有时间从货物顶端的栖身处跳下来追地鼠，找地道，攀上路基的高处，最后纵身跳到两个孩子之间的空隙。两个孩子坐在那儿，双臂僵直，两脚在前面撅着，分别挂在货物的两侧。

继续走了几个小时，他们在一户人家门口停下来，又带上了一样东西，克莱尔·汤普森的丈夫拿去做贷款抵押的一支双管霰弹猎枪。显然，汤普森无法还清这笔债务，但死者为大，邻居的妻子劝说她的丈夫归还了这把老枪。十二毫米口径。格兰尼尔把马车停在马路边，一边让马抓紧时间赶快吃草，在邻居家的泉眼里大口喝水，一边听说了此事。

尽管格兰尼尔站在离汽车非常近的地方，埃迪仍然选择在这个时刻向寡妇表白。在车里，她坐在他身边，正掸去头巾里的灰尘，擦拭自己的脸庞。“我是想说……”埃迪说道，明显底气不足。他突然迅速把车门打开，急急忙忙跳出来，慌张的样子就像是汽车陷入了沼泽地，然后跑了一圈绕到副驾驶座的一侧，在车窗外站着。

“汤普森先生是个好伙计，”过了漫长的一分钟，他鼓足勇气继续道，“汤普森先生是个好伙计，真的。”

克莱尔说：“真的？”

“真的。每个认识他的人都告诉我他是个很不错的伙计，是个……完人，你可以这么说。所以他们都这么说，只要是认识他的人。”

“哦，那你认识他吗，索尔先生？”

“没，没说过话。虽然他曾经跟我有点小纠纷……但他是个好人，我得说。”

“什么小纠纷，索尔先生？”

“他的马车闯进了我家山羊圈，踩断了它的脖子！他就是个婊子养的，好吃懒做，不是吗？但我的意思是，你愿意嫁人吗？”

“你是指哪个人？”

埃迪说不出现成的答案。这时，克莱尔打开车门，把他推到一边，爬了出来。她站在那儿，甩了个后背给他看，故意认真端详起格兰尼尔的马来。

埃迪走到格兰尼尔跟前，对他说："她以为我是指哪个家伙？当然是面前这一个啊，我啊！"

格兰尼尔只好耸耸肩，一边大笑一边摇头。

埃迪站在寡妇身后三英尺远的地方，对着她的后背大声表白："我说的那个家伙！你要嫁的人！就是我！"

她转过身，拉着埃迪的胳膊把他拽回福特车旁边。"我认为你不是那个人，"她说，"不是我的男人。"她再也没有显出不安的神色。

他们继续前行，她坐在格兰尼尔的马车上，挨着他。格兰尼尔对此有点不舒服，因为他不想离这位克莱尔·舒克——现在是克莱尔·汤普森女士的鼻子太近，她很敏感，而他的衣服却正在散发汗臭。他想为此道歉，但又说不出口。寡妇沉默着。他迫不得已，只得开腔。"哎。"他说。

"哎什么？"

"哎，"他说，"埃迪挺适合你的。"

"他可不适合我。"她说。

"我看可以。"他说。

"在文明开化的地区，寡妇们是不会随意谈论她们要嫁给谁的。没了丈夫，有太多事需要自己东奔西跑。但在边疆这儿，我们是稀缺品。就算称不得合算的婚事，我们也可以想要谁就要谁。麻烦的是，你们这样的男人很早就被生活折磨得筋疲力尽。你还会再结婚吗？"

"不会。"他说。

“不会。你是不想比现在更卖命工作吧？”

“是的，我不想。”

“也就是说，你不打算再结婚了，永远不。”

“我以前结过婚，”他说，感觉像在被迫为自己辩护，“这段婚姻给我留下的一切已经让我很满足了。”他觉得这明明就是在自我辩护。但他为什么要这样做？为什么这个女人来到他跟前，像挥舞大棒那样直接向他抛出婚姻话题？“如果你在物色丈夫，”他说，“来找我会是个最大的错误。”

“我也同意你的说法，”她说，没有表现得特别高兴或者伤心，“我只是想看看你的自我评价和我对你的印象是否相符。”

“好吧。”

“上帝需要道坛上的牧师，也需要密林中的隐士。你是这样想的吗？”

“我不觉得自己是隐士。”格兰尼尔回答说。但当这一天结束，他躺下休息时，也问自己：我是隐士吗？这就是隐士的样子吗？

埃迪后来和一个库特内女人混在一起，那女人的头发蓬得很高，活像电影里的交际花，嘴唇上还涂了一团邋遢的猩红。当格兰尼尔第一次看见他俩在一起，他猜不出她有多大年纪，但她的皮肤晒得黝黑，满脸皱纹。她不知从哪里弄来一副六边形深蓝色眼镜，眼睛藏在后面没人能看见，谁也无法确定她除了炫目的亮光外还能看见什么。她一定是个好相处的人，因为她从不说话。但只要埃迪开始闲谈，她就会持续不断地喃喃自语，时而发出叹息，时而咕哝低语，有时甚至轻轻地吹起不成调的口哨来。如果她本是白皮肤的人，格兰尼尔会料想她现在定是神经错乱了。

“她怕是不会说英语吧。”话一出口，他便意识到四周并没有人。他独自在丛林小屋中自言自语，被自己的声音吓了一跳。就连他的狗也游荡在外，到晚上还没回来。他凝视着火炉缝隙内跃动的闪烁火光，以及四周如幕帘般张合的黑暗。

八

在人生最后的几年，格兰尼尔的关节炎和风湿痛有时会让他连简单的日常琐事都难以做好，冬天在小屋里待上两个礼拜会要了他的命，但即使如此，他仍然选择在他偏远的家中度过每一个夏天和秋天。

山谷不会缓慢地恢复到大火降临前的原貌了，事到如今，他已不再纠结于这一点。尽管破坏的痕迹逐渐消退，这里的面貌也与过去完全不同，生长着不同的植物，也随之引来了不同的动物。壮丽华美的云杉消失殆尽，取而代之的几乎全是短叶松，生长得粗野蓬乱，凹凸不平。他耳畔的狼嗥声越来越少，越来越远。郊狼的数量大大增加，兔子的数量则逐渐减少。摩耶河绵延而下那一长段曾遭焚烧的水域，已不见鳟鱼的踪影。

也许偶尔会有一两个人好奇，是什么力量将格兰尼尔拉回这片杳无人迹的土地，但他向来不愿多谈。事实的真相是，大火之后十年曾发生了一件令他大为震动的事，因而他发誓要留在这里。

那是库特内人鲍勃卧轨身亡的两三天之后，他的族人们还在沿着铁轨搜寻他的尸块。有三四个秋高气爽的夜晚，大北方铁路的列车鸣着一长串的汽笛高声横跨草甸湾，一直到离开这里，遵照上面的安排，它故意行进得很缓慢，是想给库特内部落的族人机会尽可能多地收集自己弟兄的遗体，尽量少干扰他们。

已经到了十一月中旬，却还没有下雪。近午夜时分，月亮升起，悬于皇后山之上，角度恰如早上十点的太阳。那几日，白天明媚短暂；黑夜寒冷清净。然而，夜里却也充斥着癔症般狂野粗厉的嗥叫。

这些夜晚，只要他吹响口哨，郊狼便开始嘶吼，狼群也随之狂吠。他的伴侣红狗也在嗥叫的队伍中——格兰尼尔已经有一段日子没看见它了。某夜，天空出现满月，狼群大合唱也达到了最高潮。声音之疯狂、之凄厉，无与伦比。

狼群整晚都在无休止地咆哮，也许有上百匹狼，数量超过格兰尼尔以往听到的，也许还包含了其他种类的动物，猫头鹰，老鹰，还有某些他猜不出来的动物——所有能发出声音的动物一定都加入其中了，站在山巅和山脊眺望下方的摩耶河，仿佛没有什么能够安抚上帝的这些野兽。格兰尼尔不敢睡觉，他觉得这一切像是某种重大的宣告，也许就是世界终结的警告。

他往炉子里添了火，赤裸着上身，站在小屋门口，抬头望向天空。夜空万里无云，燃烧的白月光拭去星踪，为山岭打出昏暗的轮廓。这群咆哮者似乎靠得非常近，越来越近，也许是一边奔跑一边吠叫，然后突然一拥而入，将院子团团围住，各种各样的形状和影子在发出嘶吼的声音。有些就与在门口的他擦身而过，触及身体，他能听见它们的爪子扑向地面时发出的声音。还不等他的大脑反应过来“狼群进了我的院子”，它们已然离去。除了一个。那就是狼女。

格兰尼尔觉得自己肯定要晕过去了。他紧握门柱以防摔倒。这东西一动不动，似乎是受伤了。她的轮廓立刻让他联想起一个人——女人——孩子。她侧卧在一边，气喘吁吁，呈现出一个清晰的人形，纤弱的小女孩形象，但她的胳膊和腿都弯曲着。他认定是这样。借着月光，他得以仔细端详这个阴暗的轮廓。随着肺部的一起一伏，她急促地尖叫了一声，像一只受惊的幼犬。

格兰尼尔浑身哆嗦，转身到桌上寻找——他也不知道要找什么东西。他从没买过猎枪。也许可以用一支引火棒敲打这活物的头。他笨拙地在凌乱的桌上摸索，找到火柴，点燃了防风灯，拿着这个武器，他穿着秋裤再次走出房门，赤裸双足，高举灯，把棍子护在胸前，却被身后那怪物般的自己的影子弄得紧张兮兮，这影子大到填满了身后的整个空地。干枯的草丛结着霜，脚踩在上面发出尖厉的声音。若不是这声音提醒，他还以为自己受了刺激，耳朵变聋了，因为四周一片死寂。所有的喧嚣都停止了。整个山谷仿佛都在回荡着他的震惊。他只听见自己的脚步声和狼女受伤的呻吟声。

当他走得再近一些，她便不再抽泣，他很小心地靠近，以免惊吓这活物和他自己。狼女等待着，浑身布满了动物式的恐惧，全身静止，只有眼睛随着他的动作而转动，却不正视他的眼睛，呼出的热气在鼻孔外飘袅。

灯火下，孩子的眼睛闪烁着狼一般的绿光。她的脸庞像狼，但却没有毛发。

“凯特？”他说，“是你吗？”就是她。

她身上没有任何能证明这一点的迹象。他只是直觉如此。这就是他的女儿。

他靠得再近一点，她仍然纹丝不动。他希望有什么识别记号能够自动显现，证明她就是凯特。但她的眼里只有狼一般单纯的恐惧。还是纹丝不动。她是凯特，但也不再是凯特了。不再是凯特的凯特侧躺在右边，左腿向后弯曲直至腰处，腿骨碎裂，膝盖下露出了带血的骨头；看来她是拖着一只断腿，用其他三肢爬行，最终因筋疲力尽而倒下。他想看看现在小凯特的头发长得怎样了，但她把头皮抓挠得几乎秃顶，只剩下一小簇一小簇的毛发。

现在他与她只有一臂之距。他俯身向她靠拢时，不再是凯特的凯特咆哮着狂吠起来，用嘴咬扯他，随后她的眼睛黯淡下来，元神四散，他觉得她断气了。但她还活着，并且凝视着他。

“凯特。凯特。你是怎么了？”

他放下防风灯和引火棒，把她抱起来。她的呼吸很浅，而且急促又虚弱。她在他耳边哼唧了一声，咬了一口他的下巴，此外再无挣扎。他把她抱在怀里，脸贴近她，快步走向小屋，把灯留在身后，朝着那怪兽般的影子走去。那黑影起先吞没了小屋，随着他的逼近又迅疾萎缩下去。他把她放在地铺上。“我去取灯。”他对她说。

当他回到小屋，她还在那儿。他把灯放在桌上，好看清接下来的每道工序。他准备把伤腿用夹板固定，于是找来引火柴，将秋裤上半部分从腰上剪下来套在头上，撕成一根根布条。他一只手抓住孩子的脚踝，另一只手抱住她的大腿往前拉，她发出痛苦的呻吟，随后减弱了呼吸昏了过去。他尽最大的努力将她的腿扳直，然后才觉得可以慢慢来了。他开始将引火柴削成片状，好包在她的胫骨上。他把长凳拉到地铺前坐下来，把她的脚放在两个膝盖之间，把夹板套进去并绑好。“我不是医生，”他对她说，“但是这里没有别人了。”他把对面的窗户打开，让空气流入。

她躺在那儿，只剩下半条命。他长久地注视着她。她像一个老男人那样皮肤苍老粗糙。她的双手向内蜷曲，手腕僵硬得如同假肢，双脚畸形丑陋，树瘤般粗粝多节。她的脸庞怎会如此“狼相”，如此像野兽，尤其当她熟睡的时候？他不知道。当她闭上双眼，这张脸的背后似乎并无魂魄，似乎这生灵只有睁眼看世界的时候才有意识。

他将长凳抵到墙边，坐下开始打盹儿。一辆火车呼啸着经过山谷，这也没能唤醒他，只是入了梦而已。又过了会儿，天色将明时分，一阵细微的响动却把他弄醒了。是狼女的动静。她走了。

她从窗口一跃而出。

他站在窗前望着她，她沐浴在黎明的灿烂光芒之中，向前爬行了一会儿，又停下来，将身子扭向一侧，咬断了腿上的缠绕物，任何一匹狼、一只狗都会这样做。她放慢步子，保持着步伐，往河流的方向去了。他本想去把她追回来，但最终没有这样做。

九

一九三五年的夏天，烈日炎炎，滴雨未下，有一小段时间，格兰尼尔突然萌发了一股感官欲望，其强烈程度超过年轻时代的任何一次。

八月中旬，持续六周的大旱似乎将戛然而止；大片的积雨云汇聚在整个爱达荷狭地上空，将下方的热浪团团包围，大气逐渐开始潮湿。然而却没有降雨。格兰尼尔浑身跟灌了铅似的沉重无力，且孤独无依。他的小红狗离开他已经有许多年，它渐渐老朽病弱，最后消失于密林之中，孤单地老死了，而他从未寻觅过其他替代品。

星期天，他步行去草甸湾，跳上了一列前往邦纳斯费里的火车。颠簸的车厢内，乘客们打开了窗户，幸运的靠窗旅客始终把脸对着窗外湿润的空气。从邦纳斯费里下车的几位旅客一声不响地四散离去，那样子仿佛饱经风霜的刚出狱的犯人。格兰尼尔准备去镇上的露天市集，一些人会在星期天摆摊叫卖，他也许可以在那里买一条狗。

第二大街上，卫理公会教徒们正集合在一起唱圣歌。邦纳斯费里城区内别无其他声响。格兰尼尔来镇上，顺道的时候偶尔还会去参加仪式。教徒们对他很友好，从他与格拉迪斯定期一起出现在教堂的时候，人们就认得他了，但他老是不太敢去教堂。他在教堂里总会泪流满面。居住在摩耶，有无数日常琐事分他的神，让他忘了自己是个伤心人。但每当圣歌响起，他的记忆又会回来。

他在集市上与两个库特内印第安人说话，一个是中年妇人，另一个是快成年的姑娘。她们的打扮刻意引人注目，两个白人与印第安人混血的巫女，身穿蓝色的鹿皮长裙，束发带上垂坠着乌鸦、雕、白头鹰的羽毛。她们的饲料袋里装了一窝酷似狼的狗崽，柳条笼里还有一只赤猞猁。她俩将狗崽挨个取出，一一进行展示。一个路过的男人对她们说："那只狼生出来的狗，永远不会被基督教接纳!"

"为什么它是全蓝的?"格兰尼尔问道。

"你指什么?"

"装那只老猫的笼子。"

那女孩的外形带有大量白人特征，雀斑脸，沙色头发。在他看着这两个女人的时候，突然从体内迸发出一股强烈的渴望与恐惧。

"那是涂上去的老油漆，防止它咬破笼子跑出来。它会让猞猁犯恶心。"女孩说。这只猫有很大的爪子，上面是一簇簇柔软光滑的毛，像是和它的女主人穿了同款靴子。中年女人抬起她的腿，格兰尼尔能看见她的小腿肚。她用手在上面抓了一道，在皮肤上留下一条长长的白色印记。

这个画面在他的脑海中久久挥之不去，过了半天才发现自己已经离开市集四分之一英里远了。他没有买狗崽，有好一会儿，他的眼前别无他物，只有她暗色皮肤上的白色印记。他知道自己开始不安分了。

淫荡的下意识仿佛炸裂了他脚下的地面，将他抛入性狂热的深渊，现在他发现主街上的雷克斯剧院也像是疯了。门口的展示区放着一块由当地报刊印刷的大广告牌，欲望在尖叫。

仅八月二十二日周四一天

年度最大胆之影片

《爱之罪》

前所未有之作品

看自然分娩

一次堕胎

一次输血

一次真正的剖腹产

如易晕厥——万勿观看！

放映现场均配有专业护士

舞台上——真人模特

得克萨斯州 加尔维斯顿

著名的佳丽选拔大赛冠军

加尔维斯顿小姐

十六岁以下禁止入场

日场

仅对女士开放

夜场

仅对男士开放

特邀嘉宾

霍华德·扬教授

激情性学演讲

大胆揭秘真相

爱情之真谛

隐秘罪恶之事实

不再欲言又止！

格兰尼尔把广告读了好几遍。他感到喉咙发涩，五脏六腑都震颤起来，传导至四肢，四肢也麻痹了。这种麻痹感虽轻微，他却真切地感到它使整条大街像一条小船一般摇晃。他不知道自己是否会失去理智，也许他应该开始咨询精神科医生了。

佳丽！

他感觉自己在意乱情迷的雾霭中走向火车月台。《爱之罪》将于八月二十二日礼拜四上演。他靠在客车车厢的联通门旁边，浑身轻飘飘地出了城。墙上的挂历告诉他，今天是礼拜天，八月十一日。

返回丛林深处的家里，他本性中龌龊的魔鬼开始对他纠缠不休。他梦到加尔维斯顿小姐来到他身边，醒来时，他正在自摸。他并没有买日历，但他的下体却已标记了八月二十二日之前的每个时刻。白天，他把自己长久地泡在冰凉的河水中，但黑夜却一次次把他带到加尔维斯顿小姐身边。

西北方向，乌云翻江倒海，遮蔽了天空，令日月星辰失色。小屋实在过于闷热潮湿，他便在院子里打地铺。夜里，他裸身躺在草垫上，融入这片浓稠得化不开的黑暗之中。

许多个夜晚过去，终于等到云破月出，夜空清朗，雨意全无。太阳在八月二十二日这天早晨升起。他在院子里醒来时浑身露湿，神思混沌恍惚，但当他意识到今天是什么日子时，便陡然一振，精气神瞬间点燃。他一时大窘，眼睛都歪斜了，两股鼻涕从鼻子里冒出来。他马上启程朝公路的方向走去，却又随即掉头回来，在他那小院子里狂躁不安地徘徊。他没有勇气在这一天出现在城里——哪怕是在去城里的路上被人瞧见也不行。他已全然融化在对加尔维斯顿选美皇后的渴望之中。他要在她的气味中呼吸，吸进性、罪恶、佳丽的烟雾。他快要欲罢不能了，这简直要了他的命！黑暗的剧院里充斥着各种声音，谈论着他为之饥渴的隐秘罪恶之事实，他会被拖入地狱，在淫邪卑鄙的佳丽大赛主席面前，他的下体将接受永无休止的拷打。他全身赤裸地站在院子里，身体不停地摇晃。

他的欲望肯定是完全出自本能；他是那种可以与野兽为伴的人，或者，根据他早年听过的一个说法，他可以“上一头奶牛”。

在小屋背后，他把脸埋进褐色的草丛，双手紧紧攥着野草，把自己跟世界隔离开来。直到太阳照射到小屋，热光烤痒了头发，他才回过神来。他想出去走走，冷静一下，于是他穿戴整齐，沿着公路一直到矿溪，一口气走了几英里。他爬上了鹿岭，从另一端下来，又再度爬上了加拿客盆地，徒步行走了好几个小时没停脚，心中只有一个念头：佳丽！佳丽！——佳丽是我的诅咒，我会对她狼吞虎咽，就像饿狗扑向动物尸体，像狗一样在上面打滚，然后满身污秽地死去。哦，加尔维斯顿允许这样的玩意儿列队游行！加尔维斯顿给这个美丽的娼妓戴上后冠！

日落时分，他不再往前走了。他站在悬崖边上。在返回的路上，他发现了一处类似竞技场结构的景色，这是一片封闭的水域，叫做云杉湖。现在，他从几百英尺高的悬崖向下眺望，平静的湖面波澜不兴，为峭壁的阴影所吞噬，呈现出黑曜石的色泽。湖泊四周环绕着两排常青树木，倒影映于水中。更远一些，他看见加拿大一侧的落基山脉依旧沐浴着阳光，雪顶生辉，隔了一百多英里望去，仿佛大地就在万物的中心，群山破云而出。他从未见过如此壮美的盛景。茂密的森林曾经填满了他的生活，高大的树木几乎遮挡住他的全部视线，他从未见识过这世界有多么辽阔，而眼下，一切都无比清晰，有足够多的山，让每个人都分得一座。诅咒总算离他而去，蔓延的情欲逐渐消退，坠入某个遥远的山谷之中。

他小心翼翼地从悬崖的大圆石上爬下来，在一片漆黑中摸索到湖边，他把云杉树枝做成被子，钻到下面，以云杉为床，蜷曲着身体躺在上面。竭尽全力之后，他感觉十分放松。错过了雷克斯剧院当晚的美女表演，他也说不清这究竟算拯救了自己，还是一大憾事。

·

之后的两个礼拜格兰尼尔都在家中度过，然后他又一次进了城，终于给自己买了条狗，在遥远的北方拉雪橇的那种大个儿公狗，这条狗此后陪伴了他很多年。

格兰尼尔活到了八十多岁，一直到一九六〇年代。在他的生活中，他向西最远到过离太平洋十二英里左右的地方，而他毕生从未亲眼见过大海；向东最远到过利比城，深入蒙大拿州腹地四十英里处。他曾有过一个爱人——他的妻子格拉迪斯，拥有过一亩地产，两匹马，一辆马车。他从未醉过酒，从未持有过枪支，也从未用过电话。他定期乘坐火车，坐过多次汽车，还乘过一次飞机。在他生命的最后十年里，他只要进城就会看电视。他不知道自己的父母是谁，也没有留下后嗣。

那个地区的几乎所有人都认识罗伯特·格兰尼尔，但当他于一九六八年十一月的某一天在睡梦中辞世，他的尸体却一直躺在小屋里，度过了整个秋天和冬天，不再被人想起。一对背包客在春天发现了他的遗体。第二天，他俩带了一个医生来，为他写下死亡鉴定，然后三人轮流劳作，用靠在小屋前的铁铲在院子里挖出一个坟墓，把格兰尼尔放了进去。

·

他在邦纳斯费里买雪橇狗的那天，是在西姆斯医生家过的夜。他是个兽医，妻子出租房屋。医生带回几张雷克斯剧院当晚的演出票，是“神奇骏马西奥多”的才艺展示，因为他刚刚对这位名叫西奥多的明星骏马进行过专业的能力考察。他的牛仔主人说，西奥多是匹汗血宝马。这可不是个好信号。“你不妨拿着这张票去看个稀奇。”医生对格兰尼尔说道，把其中一张友情赠送的入场券按到他手上，“因为不出半年，它不是被拿去喂狗，就是被熬成汤汁。”

当天晚上，格兰尼尔坐在黑暗的雷克斯大剧院里，周围是一群和他差不多的人——都是在西北部山区做苦工的人。其中多数人，对西奥多的主人那闪闪发光的服饰及魔法般的套索印象更深于西奥多本身。这匹马只是展示它会用蹄子叩击舞台来做加减法运算，以及直立、快速转圈和其他本领。而他们中的任何一个人都可以把一匹马训练到这种水平。

一九三五年，在那匹神奇骏马的表演现场，还有一个狼孩也参与了演出。他戴着毛皮面具，穿了一件酷似毛皮的套装。电子灯发出银色和蓝色的光，在灯光照耀下，狼孩在舞台上嬉戏打闹，他古怪的样子让看客们都拿不准到底该不该笑。

为了证明自己没被愚弄，大家还是准备大笑一场。过去他们看见“磁铁少年”“胆小鬼男孩”“愚蠢教授”以及把假的木制印第安饰针往头上砸的杂耍表演者，也都乐个没完。他们曾付钱给传教士们。传教士升华了人们的心灵，并为许多人施行洗礼，可他们后来却在库特内人的村庄里醉得满地打滚儿，甚至与印第安女人通奸。今晚，面对这个公开展出的冒牌怪物，一时间，人们都不作声了。

然后一对夫妇好像问了一两个问题，黑暗中有个人发出了类似鹅叫的声音，然后大家便放任自己对着狼孩捧腹大笑起来。

然而在一瞬间，几乎猝不及防，人们的笑声戛然而止。只见他在舞台中心站定，双臂伸得挺直，然后全身僵硬，一股巨大的内在动力使他颤抖起来。在场的人没有一个见过谁能如此静止地站着，却又进行着古怪的机械式运动。他向后仰头，让头皮碰到脊梁骨，然后开嗓。一个声音在剧场内响起，仿佛风从四面八方袭来，低沉不已，令人惊骇。它从地板下的陆地轰隆隆地逼近，然后凝聚为一声震耳欲聋的咆哮，穿过鼻腔，直抵每一位听者的心房。这声音越来越高亢嘹亮，越来越庄严优美。它是所有人造声最原初的完美理想——雾角声，船角声，火车头寂寞的汽笛声，歌剧咏叹声，长笛乐声，风笛缠绵不绝的悲吟声。突然，剧场一片漆黑。那个时代终于一去不复返了。

Denis Johnson
Train Dreams

图字:09-2020-778号

图书在版编目(CIP)数据

火车梦/(美)丹尼斯·约翰逊(Denis Johnson)著;兰若译.—上海:上海译文出版社,2021.5(2026.2重印)
书名原文:Train Dreams
ISBN 978-7-5327-8605-3

Ⅰ.①火… Ⅱ.①丹… ②兰… Ⅲ.①中篇小说-美国-现代 Ⅳ.①I712.45

中国版本图书馆CIP数据核字(2021)第051734号

火车梦
[美]丹尼斯·约翰逊 著 兰若 译
特约策划/彭伦 责任编辑/徐珏 封面设计/一亩幻想

上海译文出版社有限公司出版、发行
网址:www.yiwen.com.cn
201101 上海市闵行区号景路159弄B座
上海市崇明县裕安印刷厂印刷

开本 850×1168 1/32 印张3 插页2 字数41,000
2021年5月第1版 2026年2月第2次印刷
印数:8,001—10,000册

ISBN 978-7-5327-8605-3
定价:42.00元